36.5°C로 말하기

사람을 이끄는 언어의 기술

36.5℃로 말하기:
사람을 이끄는 언어의 기술

초판인쇄	2024년 12월 10일
초판발행	2024년 12월 25일

지은이	박영석
발행인	조현수
펴낸곳	도서출판 프로방스
기획	조영재
마케팅	최문섭
편집	문영윤

본사	경기도 파주시 광인사길 68, 201-4호(문발동)
물류센터	경기도 파주시 산남동 693-1
전화	031-942-5366
팩스	031-942-5368
이메일	provence70@naver.com
등록번호	제2016-000126호
등록	2016년 06월 23일

정가 18,000원

ISBN 979-11-6480-373-6 (03800)

파본은 구입처나 본사에서 교환해드립니다.

사람을 이끄는
언어의 기술

박영석 지음

36.5℃로 말하기

프로방스

머리말

누구나 자신을 잘 안다고 생각하지만 자신만 모르고 있는 것도 많
다. 걸음걸이나 태도가 그렇고 특히, 말이 그렇다. 사람들은 멀리서 걸
음걸이나 몸짓만 보고도 누군지 아는 것처럼 목소리만 듣고도 누군지
바로 안다. 이처럼 남들이 다 알고 있는 그것을 정작 자신만 잘 모른다.
때문에 우리는 주변과 매일 많은 말들을 주고받지만 저마다 자신의 말
이 어떤지에 대해서는 대부분 거의 모른 채 일상을 이어간다.

이것은 전등 없이 어두운 밤길을 걷거나 돌아오는 길도 모르면서 마
냥 깊은 산속으로 들어가는 것이나 마찬가지라고 할 정도로 어쩌면 위
험한 일이다. 어둡고 모르는 길을 가고 있는 사람에게는 도중에 무슨
일이 생길지 몰라 불안과 두려움이 생길 수밖에 없다. 각자 매일 하는
말이 바로 그런 경우다. 저마다 자신의 말들이 어떤지 진지하게 돌아

봐야할 이유가 바로 여기에 있다. 이것이 또한 말의 중요성이다.

말 때문에 많이 울고도 웃었다. 돌이켜보면 보면 감사와 고마움을 느낄 때도 너무 많았고 때로는 후회와 반성이 이어지기도 했다. 말이란 이처럼 기쁨과 성취의 보람을 가져다주기도 하지만 잠 못 이루는 아쉬움과 후회를 남기기도 한다. 그러나 좋은 말이든 후회스런 말이든 우리는 누구도 하루하루 말 안 하고 살 수는 없다.

가족, 친구, 동료들 간에 일상에서 주고받는 이런 저런 말들은 특별한 형식이나 절차 없이 살아가면서 필요한 평범한 말들이다. 그러나 일상에서도 상대방이나 주변과 크고 작은 문제나 갈등, 합의나 해결해야할 일들이 생겼을 때는 말도 달라진다. 특히, 업무 관련한 중요한 계약이나 이런저런 협상 과정에서 건네는 말들은 일상의 말과는 또 차원이 다르다. 말은 의도나 목적, 필요, 상황이나 여건 등에 따라 다양한 모습으로 변화한다. 말의 온도와 색깔은 물론 말하는 형식이나 전개도 달라진다.

철학자 하이데거는 언어를 '존재의 집'이라고 했고 문예이론가 발터 벤야민은 언어가 현실을 만들어낸다고 보았다. 모든 말에는 각자의 마음과 다양한 의도들이 숨어있고 원하고 바라는 것들이 바탕에 깔려있다. 사람들은 저마다 원하고 바라는 것들을 이뤄내기 위해 설명도 하고 이해도 시키고 여러 논증이나 주장들을 이어가기도 한다. 때론 공감과 지지를 얻어내기 위해 설득도 하고 호소를 계속하기도 한다. 이때는 저마다의 말 실력들이 발휘된다. 말 실력에 따라 결과는 천차만별로 달라진다.

　누구나 말 잘하는 사람이 되고 싶어 한다. 그러나 어떻게 말 잘하는 사람이 될 수 있느냐는 물음에는 선뜻 답을 못한다. 우선 자신의 말이 어떤지 잘 모르기 때문이다. 지금 하고 있는 말이 쉽고 분명한지, 빠른지 늦는지 목소리가 큰지 낮은지 부터 잘 모른다. 또 말이 논리적이고 설득력을 갖추고 있는지 없는지, 복잡하고 장황하지는 않는지, 비언어는 잘 구사하고 있는지 경청은 하는 지조차도 제대로 알기가 어렵다. 모르면 어떤 해결책도 찾아내기 어렵기 때문에 우선 말을 잘하려면 먼저 자신의 말을 정확히 아는 것이 중요한 비결이다. 다음은 꾸준한 수정과 연습이다.

　신기하게도 말은 사람처럼 얼굴을 가졌고 듣는 사람에게는 온도가 전해진다. 말이 좋은 얼굴과 표정을 한 날은 하루 종일 좋은 날이다. 말이 따뜻하고 윤기가 나는 날은 고맙고 감사한 날이다. 말이 물 흐르듯 잘 소통되는 날을 유익하고 보람된 날이다. 말은 이처럼 하루하루를 일구고 경작하며 수확도 한다. 사람과 사람, 관계와 관계를 이어가고 하루하루를 채워가면서 삶이 되고 미래가 되고 운명이 된다.

　'내 언어의 한계는 내 세계의 한계이다'라고 말한 비트켄슈타인은 더 좋은 인생을 원한다면 그 인생에 맞는 언어를 사용하라고 강조했다. 말은 말로 그치지 않고 마음의 모습과 됨됨이가 되고 마음의 넓이, 지식과 교양이 되기도 한다. 또한 말은 마음의 모양과 색깔, 태도인 동시에 저마다의 삶의 가치와 지향까지도 보여준다. 사람들은 각자 자신의 언어로 자신의 삶을 살아간다. 그래서 말이 곧 사람이라고 말한다. 옛 성현들이 말에 관한 경구들을 더 많이 남긴 것도 바로 그 때문일 것이다.

'가는 말이 고와야 오는 말이 곱다', '말 한마디로 천냥 빚을 갚는다', '말이 씨가 된다'는 속담처럼 말을 관찰하기 시작한 날부터 말은 과학과 원리였다. 다가갈수록 말은 점점 더 강력한 힘으로 다가왔다. 이 책은 '말'의 이러한 힘을 일깨우고 좋은 말 세상 되기를 바라는 마음에서 쓴 신문칼럼과 기고 등을 모아 출판했다. 책에서는 우선 우리가 매일 하는 말들이 과연 어떤 모습과 얼굴을 하고 있는지 찾아 나섰다. 저마다의 말투에서부터 말의 빛깔과 온도들은 어떤 모습과 정도인지도 돌아보았다. 또, 사람들과의 관계에서 말 잘하기에 실패하는 이유와 원인을 관찰하였고 동시에 말 잘하는 사람들의 말 속으로도 들어가 보았다. 아울러 말 잘하기의 여러 가지 원칙과 원리, 비결에서부터 말이 어떻게 미래가 되고 운명이 되는 지도 자세히 살폈다.

말은 단순히 의사소통의 도구만이 아니라 여러 사람들과의 관계나 미래에도 큰 영향을 미친다. 우리는 저마다의 말이 얼마나 강력하고 중요한 도구이며 힘인지 깨닫지 못한 채 그저 하루하루를 살아가기도 한다. 이 책을 통해 오늘 우리가 하는 말들이 자신은 물론 누군가의 삶과 인생에 엄청난 변화를 불러올 수도 있고 큰 영향을 미친다는 것을 다시 한 번 일깨우는 계기가 되었으면 한다. 이제 36.5℃로 말하는 따뜻한 말과 서로 마음으로 웃고 교감하는 좋은 말 가득한 세상이 되길 간절히 소망한다.

2024년 11월
박영석

차례

2장 말하기에 실패하는 사람들

3장 말하기에 성공하는 사람들

4장 말하기에는 원칙이 있다

5장 말하기에는 비결이 있다

6장 말이 미래가 되다

1장

말이
사람이다

말이 사람이다
(言如其人)

언여기인(言如其人)이라고 했다. 말이 곧 그 사람이라는 뜻이다. 말에는 사람의 성격이나 경험, 학식이나 가치관, 관심사는 물론 습관이나 나이까지도 담겨져 있다. 실제로 처음 만나는 사람도 몇 마디 말을 서로 주고받다 보면 신기하게도 그에 대해 상당 부분을 알 수 있게 된다.

그래서 예나 지금이나 사람을 뽑고 택할 때는 직접 말을 나눠보는 절차가 꼭 있다. 아무리 복잡한 시험이나 검증 절차를 거친다고 하더라도 최종 결정은 결국 면접을 통해서 한다. 말을 건네 봐야 사람을 알 수 있기 때문이다.

말은 생각의 모습이고 마음의 모양이다. 말은 또한 생각과 마음이 소리로 나타난 것(言爲心聲)이어서, 말을 나눠보면 그 사람을 구체적으로 읽을 수 있게 된다. 아무리 속을 감추고 겉모습을 꾸며도 말은 결국 실체를 말해준다.

　나쁜 마음과 이기심 가득한 사람의 말이 끝까지 고울 수 없고, 매사 원망과 질시, 열등감에 사로잡힌 사람의 말은 험담과 냉소와 남 탓으로 가득할 수밖에 없다. 하지만 교양과 덕을 쌓은 사람의 말은 언제 들어도 거칠거나 험하지 않고, 마음이 따뜻한 사람의 말은 어디서든 부드럽다.

　물론 말이 사람의 마음이나 생각과 다르고 서로 틀릴 때도 있다. 말하는 사람이 자신을 속이고 감추기 때문이다. 이것이 악의적일 때, 우리는 거짓말이라고 하고, 이런 사람을 위선자 또는 이중인격자라고 부르기도 한다.

　그러나 그것은 길지 않다. 어떻게든 본 모습이 드러나고 만다. 말이란 마음의 거울과 같아서 감추려고 해도 진면목이 고스란히 비춰지기 마련이다. 어디서든 나서기 좋아하고 드러내기를 좋아하는 사람들이 말 때문에 자주 낭패를 보는 것도 마찬가지 이유 때문이다. 아무리 외모를 꾸미고 치장을 해도 말은 꾸미기가 어려워 한두 마디 말로 금방 내면의 무지나 천박함이 고개를 내밀면서 결국 실체가 적나라하게 드러나고 만다.
　물론 그 반대도 있다. 노자가 말한 '피갈회옥(被褐懷玉)'처럼 사람의 품격이나 교양, 학식도 마찬가지로 말속에는 그 빛이 묻어있다. '덕망 있는 선비는 세상에 알려지기를 원치 않아 허름한 겉옷을 입고 있어도 가슴에 옥을 품고 있음.'이 말 속에도 결국 드러난다. 남루한 모습을 한 사람도 한두 마디 말 속에 강한 기품이나 내공이 느껴질 때가 바로 그러한 때일 것이다.

말이란 이렇듯 더없이 신묘하다. 논어의 마지막 구절도 바로 말이다. '말을 알지 못하면 그 사람의 진면목을 알 수 없다(不知言 無以知人也).'고 했다. '천명을 알지 못하면 군자가 될 수 없고, 예를 알지 못하면 입신할 수 없다.'고 하면서 마지막으로 강조한 것이 '군자는 말을 알아야 사람을 바로 알 수 있다.'고 역설했다.

말을 알아야 한다는 의미는 무엇일까? 그것은 헤아릴 수 없는 말의 중요성을 뜻함이다. 즉, 삶에 있어서 말이 차지하는 비중과 무게가 어떤 것과도 비교할 수 없는 크고 막중한 것임을 웅변하고 있다.

그래서 말은 언제나 신중해야 하고, 또한 경청을 통해 상대방의 깊은 속내와 내면까지도 정확하게 살필 줄 알아야 한다는 뜻이다. 즉, 말을 통해 사람을 간파할 수 있는 통찰력까지 길러야 한다는 의미이기도 하다.

언어철학자 비트겐슈타인은 "나의 언어의 한계는 나의 세계의 한계를 의미한다."고 했다. 말이 곧 사람을 규정하고, 말이 사람의 인격이나 세계관, 가치관 등 모든 것을 나타내주는 것이라고 한다면 말이란 참으로 어렵고도 귀중하다.

얼굴이나 겉모습을 치장할 것이 아니라 말을 더 아름답게 하고, 말을 더 격조 있게 하는 것이 먼저다! 말을 더 맑고 풍성하게, 말을 더 단아하고 정갈하게 다듬는 것이 먼저다! 말이 사람이기 때문이다.

말 많은 사람은
말이 앞선 사람

어느 날 지인의 안부 전화를 생각하면 저절로 웃음이 나온다. 그는 묻지도 않았는데 자신의 체중을 10kg 이상 반드시 빼겠다고 약속했다. 한때 선출직 단체장을 지내기도 했던 그는 자신이 하는 말을 지킬 수 있게 일부러 미리 몇몇 지인에게 알린다고 했다. 같이 한참 웃었다.

한 말을 끝까지 실천한다는 것이 누구에게나 결코 쉽지 않다는 것을 잘 알기에 그의 말은 충분히 이해가 갔다. 오히려 그렇게까지 해서라도 말을 꼭 실천하려는 모습에 응원을 보내주고 싶었다.

문제는 지키지도 못할 말을 너무나 쉽게 자주 하는 사람들이 많다는 데 있다. 자신과 한 약속이야 설령 지키지 못했다고 해도 외부로는 문제가 없지만 다른 사람과 하는 말은 다르다. 크든 작든 약속한 말은 지켜져야 하고, 실언이 되지 않도록 보여줘야 한다. 그렇지 않으면 말이 앞서는 사람, 믿음이 가지 않는 사람이 되고 만다.

직장이나 사회생활을 하면서 자주 말과 행동이 다르고 차이가 나면 사람에 대한 근본 평가까지 잘못될 수도 있다. 실없는 사람이라는 평판도 듣게 된다. 결국 믿음에 대한 금이 가기 시작하면서 인간관계에도 위기가 찾아온다. 이것은 가까운 친구는 물론, 심지어 가족 간에도 예외가 아니다.

예로부터 전해져 오는 여러 교훈이 되는 말이나 경구들 가운데도 가장 많은 것은 역시 말에 관한 것들이다. 여러 경구들이 시사하고 의미하는 바는 다양하지만, 하나 같이 강조하는 것은 말 수를 줄이고, 말할 때는 신중히 하라는 것이다.

어느 날 공자의 제자 자공(子貢)이 스승에게 군자에 대해 물었다. 공자는 "먼저 자신의 말을 스스로 실행하고 그다음에 다른 사람으로 하여금 자신의 말을 따르게 한다(先行其言 而後從之)."라고 했다. 자공은 다른 제자보다 비범한 재능을 가지고 있었고, 특히 언변에 뛰어난 것으로 알려졌으나 공자가 보기에는 자주 말이 행동을 앞서고 있었다. 그러한 자공에게 "먼저 실천해 본 다음 그 결과를 가지고 말을 해야 사람들이 따라오게 되어 있다."라며 말이 앞서는 것을 경계했다.

실제로 손바닥 뒤집기보다도 쉬운 것이 말이다. 말로는 세상에 어떤 것도 못 할 일이 없다. 말로는 어디든 갈 수 있고 어려운 것도, 복잡한 것도, 불가능한 것도 없다. 그래서 누구에게나 말이 행동을 앞서기 쉽다.

흔히 말이 넘쳐나는 세상이라고 하지만, 말이라고 다 말은 아니다. 지킬 수 없고 행동으로 옮기지 못하는 말들은 말이 아니라 허언이고 실언이다. 과장이고, 허풍이고, 거짓말이다. 이런 말들이 잦아지면 어느 순간부터 '말이 앞서는 사람', '말뿐인 사람', '어떤 말도 믿을 수가 없는 사람', '허풍쟁이' 등으로 낙인이 찍히게 된다.

누군가가 열 마디, 백 마디를 쉽게 내뱉는다면, 그것은 결과를 볼 필요도 없이 헛말이고 허풍이다. 말의 실천은 백배, 천배로 더 어렵기 때문이다. 그래서 말을 실천하고 책임을 지는 사람은 평소에도 말이 많지 않다. 물론 일상의 생활인으로서 농담이나 인사치레의 말들도 자주 하지만, 전체적으로 보면 늘 때에 맞게 꼭 필요한 말만 한다. 말이 많아지면 말을 실천하기가 몇 곱으로 더 어려워진다는 것을 잘 알기 때문이다.

조선 후기 문인 성대중의 《청성잡기(青城雜記)》에는 "내면의 수양이 부족한 사람은 말이 번잡하고, 마음에 주관이 없는 사람은 말이 거칠다(内不足者其辭煩 心無主者其辭荒)."는 글귀가 있다. 평소 하는 말수가 어느 정도가 되는지만 잘 살펴도 그 사람의 내면의 정도가 어떤 수준인지를 바로 알 수 있다는 의미다.

　모자라고 부족해서가 아니라 늘 많고 넘쳐 나 문제가 되는 것이 곧
말이다.

말은 인출,
침묵은 저축

보석이 값지고 귀한 것은 아름답기도 하지만 우선 양이 적고 희소하기 때문이다. 무엇이든 많고 흔하면 가치가 떨어질 수밖에 없다. 말도 예외가 아니다. 말수가 많은 사람들 중에는 친절하고 다정다감한 사람도 있다. 묻는 말에 상세하게 설명도 해주고, 여러 사람이 모인 자리에서는 말문을 열거나 분위기를 이끌어 가기도 한다. 이런 경우의 말은 오히려 장점이고 강점이다.

문제는 이런 경우가 아니라 늘 필요 이상 많은 말을 하거나 쓸데없는 말까지 하는 경우다. 이른바 '빈 수레'나 '허풍쟁이'들이 여기에 속한다. 이들은 상대방이 듣기 힘들어하고 지겨워하는 눈치마저도 알아보지 못한다.

말이 많으면 그 말에는 쓸 말이 적고, 들을 만한 가치도 없어진다. 실언이나 말의 모순도 잦아질 수밖에 없다. 과하면 넘치듯, 과장이나 허풍을 넘어 안 해도 될 남의 말도 하게 된다. 근거 없는 험담이나 흉까지도 보게 된다. 뱉은 말은 주워 담을 수 없어 후회해 봐야 소용없고 근심만 쌓여 간다.

노자는 도덕경에서 '말이 많으면 자주 궁지에 몰리게 되므로 마음속에 담아두는 것보다 못하다(多言數窮 不如守中).'고 했다. 그래서 '진정으로 아는 사람은 함부로 지껄이거나 떠들어 대지 않고, 말이 많고 떠드는 사람은 알지 못하는 것(知者不言 言者不知)'이라고도 했다. 순자도 '군자는 말은 적지만 이치에 맞고(少言而法), 소인은 많은 말을 하는데 이치에 맞는 것이 없다(多言無法).'고 했다.

물론 어느 유행가 가사처럼 '우리는 말 안 하고 살 수가 없나 나르는 솔개처럼…'될 수도 없다. 치열한 경쟁을 겪으며 그 속에서 살아남아야 하는 우리는 '수많은 관계와 관계 속에 잃어버린 나의 얼굴'이 되지 않기 위해서도 침묵만으로는 살아갈 수가 없다. 말도 해야 하고, 주장도 해야 하지만 단지 필요 이상의 많은 말이 문제일 뿐이다.

과연 우리는 하루에 얼마나 많은 말을 하고, 얼마나 많은 말을 듣는 것일까? 사람마다 다르겠지만 말은 상대방과 주고받는 것이므로, 하루에 듣는 말이나 한 말이 대충 서로 비슷하리라는 짐작이 간다. 물론 여기서는 일이나 업무적으로 한 말들은 당연히 제외다.

일상에서 봤을 때, 매일 말하는 양이 듣는 양보다 많아 보이는 사람은 말이 많은 편에 속하게 된다. 반대로 보이면 과묵하거나 말수가 적은 사람으로 여겨지게 된다. 하루에 한 말이 들은 말보다 많으면 말을 잃은 것이고, 침묵함으로써 들은 말이 더 많으면 그만큼 말을 번 셈이다.

말도 돈처럼 은행에 저축하고 찾아야 쓸 수 있는 것이라면 말은 인출이요, 침묵은 저축인 셈이다. 말이 많다는 것은 말의 낭비가 발생하는 것이고, 침묵은 예금이나 투자를 한 것이나 다름없다. 매일 저축 없이 낭비만 한다고 가정하면 결과는 처참한 패배나 파탄일 뿐이다.

마하트마 간디는 매주 월요일을 '침묵의 날'로 지냈다고 한다. 그는 늘 침묵을 실천하며 "먼저 생각하라. 그런 뒤에 말하라. 이제 그만하라는 말을 듣기 전에 그쳐라."고 말했다. 말을 아끼고 저축하라는 가르침으로 받아들인다.

결국 말이 많다는 것은 결정적 약점이고 허점이다. 이제 말 많은 사람은 누구든 두려워할 필요가 없다. 그는 약점과 허점투성이일 가능성이 많기 때문이다.

말수를 보면
사람을 안다

춘추전국시대 최고의 교육자였던 공자는 제자들도 많았지만 가르침에 대한 열정은 늘 뜨거웠다. 자신의 집 앞을 지나는 자는 누구든 집에 들어와 배움을 청하면 좋겠다고 했고, 그냥 지나가는 이들을 향해서는 아쉬움을 표했다. 그러나 공자는 지나가는 이들 중에 "향원(鄕原)만은 아쉽지 않다(過我門而不入我室 我不憾焉者 其惟鄕原乎)."고 했다.

공자는 향원을 왜 그렇게 미워했을까? 향원은 한마디로 가식적인 말과 행동으로 도덕군자인 체하면서 점잖을 빼거나 마음을 속여 모르는 사람들로부터 칭송을 받는 이중인격자를 말한다. 다시 말해 좋은 평판이나 신망을 얻으려고 대중의 인기에 무조건 영합하거나 선량함을 가장한 위선적인 언행을 하는 사람들을 의미한다. 그래서 공자는 "향원은 덕을 해치는 도적(鄕原德之賊也)"이라고까지 나쁘게 말했다.

맹자도 향원은 세상에 아첨하며 말만 번지르하게 하거나 착한 척을 하는 자들로서 '사이비'라 불렀다(惡似而非者). 겉으로는 좋은 말과 선한 표정을 지으면서도 속으로는 간사하기 이를 데 없고, 이기심과 욕심이 들끓는 자들로 소인보다도 오히려 질이 훨씬 더 나쁘다.

이들은 얼굴 표정 하나 바꾸지 않고 사실을 감추고, 부풀리고, 빼고를 마음대로 한다. 때문에 말만 들으면 사이비인 향원의 말에 더 혹할 수도 있다. 말이 청산유수여서 처음 듣는 사람들에게는 진짜보다 더 그럴듯하게 들리기도 한다. 이들은 필요하다 싶으면 사람을 대할 때도 보여주기식 의도적인 행동을 하기 때문에 금세 환심을 사기도 한다.

그러나 자세히 살펴보면 사이비들의 말에는 공통적인 특징이 있다. 자신들도 미처 알아채지 못하는 공통점들이 은연중에 드러난다. 그중에서도 가장 대표적인 것은 말이 많다는 것이다. 말이 많으면 수가 궁해진다는 말도 있지만, 이들은 그러한 위험을 감수하면서도 늘 말이 많은 편이다. 그것은 자신의 부족함을 감추려는 마음과 상대로부터 인정을 받아야 한다는 조바심이 은연중에 앞서기 때문이다.

또 하나의 특징은 무슨 말이든 과장과 자기 자랑, 남들이 겪지 못한 특이한 경험담들을 유독 많이 늘어놓는다는 점이다. 그런 말들은 거의 사실이 아니다. 대부분은 부풀려졌거나 가공한 것이며, 남의 이야기들을 마치 자기 것인 양 말한 것이다. 주목을 끌기 위해서다.

사이비들은 또 상대나 주변 사람에게 지나칠 정도의 친절을 자주 베풀기도 한다. 어떤 부탁도 금방 해결해 줄 것처럼 말하는 허세도 부린다. 역시 자신의 부족함과 열등감을 숨기려는 심리 작용 때문이다. 그러나 사이비가 아무리 말과 행동을 그럴듯하게 이어간다 해도 결국 한계가 있다. 비슷한 것이 결코 진짜가 될 수 없고, 진짜를 능가할 수는 더더욱 없기 때문이다. 결국은 속내가 드러나고 탄로가 난다.

　말을 번지르르하게 하는 사람은 마치 자신이 말을 잘하는 사람이라고 착각할 때가 많다. 상대방이 공감하고 믿는 줄 안다. 그렇다 보니 말을 그칠 줄 모른다. 우선은 혹하는 사람이 있을지 모르지만, 한두 번만 들으면 그런 말에 공감하거나 마음을 움직일 사람은 거의 없다.

　예로부터 군자나 지혜로운 사람은 청산유수처럼 말을 잘하는 것이 아니라 오히려 어눌하고 말 수도 적다고 했다. 이들이 말을 못 해서 어눌한 것도 아니요, 할 말이 없어서 말수가 적은 것도 아니다. 말에 가식이 없고, 때에 따라 오로지 필요한 말만을 하기 때문이다.

　향원 같은 사이비들이 쏟아내는 온갖 말과 말들이 넘쳐나는 요즘이다. 모두 허언(虛言)이고 가짜다. 일상의 대화에서든, 대담이나 토론에서든 이들의 허언들은 반드시 분별하고 가려내야 한다.

말투(Ⅰ)

예전에 TV 인기 코미디 프로그램 중에 〈대화가 필요해〉라는 코너가 있었다. 가족과 함께 대화하는 장면에서 경상도 아버지의 말투는 매우 완고하고 무뚝뚝하게 그려진다. 그는 대화를 하다가 말을 이어가기 곤란한 상황을 맞닥뜨리면 어김없이 "밥 먹자!"라며 넘어가 시청자들의 웃음을 자아냈다. 물론 웃음을 이끌어내기 위한 과장된 연출이지만, 극중에서 경상도 아버지의 말투는 투박함과 무뚝뚝함의 극치를 보여 준다.

이처럼 말투를 소재로 한 우스갯말이나 상황극에서 경상도 남자들은 투박함과 무미건조함의 주인공으로 늘 등장한다. 상냥하고 매너 좋은 많은 경상도 남자들로서는 억울하기도 하고 불만일 수도 있겠지만, 이미지가 그러니 어쩔 수가 없다. 퇴근하고 집에 온 경상도 아버지는 아내에게 "아~들은?", "밥 줘!", "자자!"라는 단 세 마디만 한다는 우스개는 거의 모르는 이가 없을 정도다. 밤하늘 둥근 달을 쳐다보며 연인과 속삭이는 서울 남자의 상냥한 말투와 경상도 남자의 무뚝뚝한 말투를 대조적으로 묘사하는 우스갯소리들도 있다.

실제로 우스갯소리의 주인공처럼 그렇게 무미건조하게 무뚝뚝하게 말하는 경상도 남자는 거의 없다. 상대 여성을 그런 식으로 대했다간 당장 그 자리에서 쫓겨날 수도 있다. 큰일날 소리다. 비록 말수는 적다 하더라도 경상도 남자들이 오히려 더 마음 깊고 정감 있다고 말하는 사람들도 많다.

사람들과 대화를 하다 보면 때론 말과 사람이 다르게 느껴질 때가 있다. 외모에서 느껴지는 이미지와 말이 달라 처음에는 살짝 놀라기도 한다. 이런 느낌을 상대방에게 주는 것은 바로 말투 때문이다. 같은 말도 말하는 사람에 따라 투박하게 들리기도 하고, 더없이 상냥하게 들리기도 한다. 몇 마디 속에 교양이 느껴지기도 하고, 반대로 천박함이 묻어나기도 한다. 말은 같아도 말의 빠르기나 높낮이, 억양, 사투리, 표준말 등으로 말투가 제각각 다르기 때문이다.

말에서 드러나는 독특한 방식이나 느낌이 바로 말투다. 이것은 말의 버릇이기도 하고, 말의 모양새이기도 하다. 사실은 말투가 소통을 좌우한다고 해도 틀린 말이 아니다. 그러나 우리는 말의 내용에만 신경을 쓸 뿐 말투에는 무신경할 때가 많다. 때문에 말투에 대한 인식부족과 관리가 제대로 되지 않아 소통에 어려움을 겪는 것은 물론, 심지어 말 때문에 여러 가지 갈등도 겪는다.

아침에 학교에 갈 아이에게 밥 먹으라는 부모의 말 한마디도 말투에 따라 상황은 천차만별로 달라진다. "○○야, 밥 먹자~", "밥 먹어라!", "안 들려! 밥 먹어!", "빨리 밥 안 먹고 뭐해!" 등 말투에 따라 느낌은 크게 달라진다.

자녀들에게 '공부하라'는 부모의 말 역시도 말투에 따라 아이의 마음은 제각각으로 다르게 반응한다. 자녀들의 마음을 긍정적으로 움직이게 하는 부모가 있는가 하면, 오히려 불만과 반발심만 갖도록 하기도 한다. 남편과 아내의 일상 대화에서도 마찬가지다. 같은 말을 하는데도 말투에 따라 순간이지만 애정과 미움과 짜증, 관심과 무관심, 따뜻함과 차가움 등 많은 느낌들을 서로 느끼며 교환한다. 말투에 따라 말의 색깔이 다양하게 채색되면서 전해지기 때문이다.

이처럼 부모, 자식 간은 물론 부부간, 직장의 상사와 부하, 친구 동료 사이에서도 말투에 따라 상황이나 과정은 시시각각으로 달라진다. 다정다감한 말이 일상이 되어 있는 가정과 직장은 좋은 분위기가 될 수밖에 없고, 반대로 투박하고 거친 말들이 예사롭게 오가는 곳에서는 분란과 마찰들이 잦을 수밖에 없다.

좋은 말투는 어디를 가든 사람들을 이끄는 매력이 있다. 대화나 협상을 성공으로 이끌 가능성도 그만큼 더 높다. 문제는 나쁜 말투다. 늘 화 난 듯 비꼬듯 불퉁스럽기만 한 말투는 상대방의 마음을 상하게 하고, 오해를 부르고, 자신에게도 결국 상처가 남을 뿐이다. 사람과 사람 사이를 서먹하게 만들고, 왜곡하고, 결국은 금이 가게도 한다. 그런 말투가 가져올 결과나 미래는 안 봐도 뻔하다. 실패나 아쉬움, 우울함과 마음이 편치 않은 모든 것들일 수밖에 없다.

E. 리스는 "말도 아름다운 꽃처럼 그 색깔을 지니고 있다."고 했다. 우리는 저마다 과연 어떤 말 색깔들을 갖고 있는 것인가? 벌과 나비가 꽃과 향기를 찾듯, 다정다감하고 친절한 말에는 누구나 귀를 기울이고 가까이 오기 마련이다. 그러나 늘 웃음기조차 찾아보기 힘들 정도로 무표정하고, 투박하고, 짜증스런 말투에는 누구도 귀 기울일 사람이 없다.

말투(Ⅱ)

좋은 말투는 설득이나 협상을 성공으로 이끈다. 언제 들어도 듣기 좋고 믿음이 가는 좋은 말투에 귀 기울이지 않을 사람은 없다. 그만큼 좋은 말투란 대화나 소통에서 더 이상이 없는 강력한 무기요, 힘이다.

그러나 말투는 사람의 얼굴만큼이나 제각각이어서 한마디로 모습을 말하기 어렵다. 늘 밝은 분위기로 따뜻하고 격조 있게 말하는 사람이 있는가 하면, 그것과는 거리가 먼 사람도 많다. 하는 말마다 냉소적이거나 부정적이며, 말끝마다 남 탓이거나 불평불만인 사람들이 바로 그들이다. 어쩌다 한마디라도 말을 건네면 화난 듯 퉁명스럽게 답하거나 상대방의 말을 막고 자르기도 한다.

어느 날 문화단체장인 지인과 오랜만에 저녁을 먹기 위해 도심에 있는 한 고깃집에 갔다. 마침 옆자리에서 50대로 보이는 남자 두 사람이 종업원에게 주문을 하고 있었다. 아르바이트 대학생으로 보이는 종업원이 손님에게 물었다.

"삼겹살 3인분 주문하셨는데 술도 필요하세요? 맥주, 소주....?"
말이 채 끝나기도 전에 손님은 종업원에게 버럭 소리를 질렀다.
"어이! 그걸 묻냐? 고기 시켜놓고 술 안 시키는 사람 봤어!" 하면서 마치 무슨 큰일이라도 난 듯 목소리를 높이며 소주를 가져오라고 했다. 당황하며 아무 말도 못 하고 상기된 채 주방으로 가는 종업원이 안쓰러웠다.

프랑스 남부에 있는 한 카페는 종업원에게 반말로 주문하는 손님은 존댓말로 주문하는 손님보다 커피값을 다섯 배나 더 비싸게 받아 화제가 되기도 했다. '종업원에게 주는 상처가 오죽 컸으면 그렇게까지 했을까?'라는 생각이 들었다.

좋은 말로 해도 될 것을 꼭 거슬리는 말투로 상대방의 마음을 뒤집어 놓는 사람들이 있다. 자신이 그런 경우를 당하면 한순간도 못 참을 사람들이 정작 자신의 잘못된 말투에 대해서는 잘 모른다. 말투도 습관이나 버릇처럼 다른 사람은 잘 알지만, 정작 자신은 모르고 지내는 경우가 더 많다.
평생 언론인으로 지낸 필자도 뉴스 앵커와 토론 사회자 등을 오래

한 이미지 때문인지 가까운 지인들로부터 지적이 잦다는 소리를 듣기도 한다. 또, 웃는 모습보다는 엄숙한 인상 때문에 처음에는 말 붙이기가 부담스러웠다는 얘기를 듣고는 많이 놀란 적도 있다.

대화의 성공자가 되려면 어떻게든 자신의 말투를 객관적으로 파악하는 것이 중요하다. 가족이나 친구 등 가장 가까운 사람에게 자신의 말투가 어떤지 진지하고 솔직하게 묻는 것도 말투를 교정하는 좋은 방법이다. 대충이 아니라 약점이나 고칠 점이 무엇인지 구체적으로 알아보고 반드시 찾아내야 한다. 그래야만 장점은 살리고, 크고 작은 단점이나 버릇들을 하나씩 고쳐나갈 수가 있다.

문제를 모르면 문제는 고쳐지지 않는다. 특히 말투가 그렇다. 말투가 잘못된 것을 알면 더 이상의 잘못은 범하지 않게 된다. 금방은 어렵지만 결국 시간이 지나면 잘못된 말투도 고칠 수가 있다. 브라이언 트레이시는 "대화는 당신이 배울 수 있는 기술이다. 그것은 자전거 타는 법과 타이핑을 배우는 것과 같다. 만약 당신이 그것을 연습하려는 의지가 있다면 당신은 삶의 모든 부분의 질을 급격하게 향상할 수 있다."고 했다.

말투는 사소한 한두 가지 습관이나 버릇만 고쳐도 분위기나 느낌이 눈에 띄게 달라진다. 사람이 달라졌다고까지 말할 정도로 이미지나 분위기가 달라진다. 말투를 바꾸면 말이 바뀌고, 사람이 바뀌고, 결국 운명마저 바뀔 수 있다.

모르쇠, 그리고
뻔뻔한 거짓말

이탈리아 로마 중심부에 있는 산타 마리아 인 코스메딘 성당 앞에는 '진실의 입(Bocca della Verita)'이라는 거대한 가면 조각이 있다. 대리석으로 만들어진 이 얼굴상은 영화 〈로마의 휴일〉에 나온 이후부터 더 유명해지면서, 기념사진을 찍으려면 길에 줄을 서서 기다려야 한다.

이 '진실의 입'에는 "거짓말을 한 사람이 손을 넣으면 손이 잘린다."는 무시무시한 전설이 전해진다. 관광객들은 영화장면처럼 조심조심 입에 손을 넣어 보지만, 겁을 먹는 모습에 보는 이들도 배꼽을 잡는다.

전설처럼 거짓말한 사람의 손이 실제로 잘려 나간다면 '진실의 입'에 손을 넣을 사람은 한 사람도 없을 것이다. 누구든 살아가면서 어떤 거짓말도 한 번도 안 하고 살 수는 없기 때문이다. 물론 남을 속이고 피해를 주는 나쁜 거짓말은 평생 안 하고 사는 사람도 있을 수 있지만, 상대를 배려하는 마음에서 하는 선의의 거짓말까지 안 하고 살 수는 없다.

주변을 걱정하는 마음에서 슬프지만 슬프지 않은 척, 아파도 아프지 않은 척하는 말도 사실은 거짓말이다. 그러나 이러한 하얀 거짓말은 주변을 원만하고 부드럽게 하는 필요한 거짓말이다. 일상의 윤활유 같은 하얀 거짓말조차 없으면 세상은 한순간도 숨쉬기조차 어려울 것이다.

문제는 하얀 거짓말이 아니라 남을 속이고 사실을 감추거나 왜곡해 피해를 주는 악의적인 거짓말들이 판을 치고 있는 현실이다. 그것도 모범을 보여야 할 고위공직자 등 지도층 인사들까지 눈 하나 깜짝하지 않고 뻔뻔하게 거짓말하는 모습을 보면 경악을 넘어 좌절감까지 든다.

이들은 눈앞에 거짓이 버젓이 드러나고 있는데도 무조건 부인하고 발뺌을 하며 모르쇠로 일관한다. 증거가 나오고 탄로가 날 때까지 뻔뻔하게 말을 바꾸며 거짓말을 이어가곤 한다. 얼굴색 한번 바뀌지 않을 정도로 낯이 두껍고, 어디에든 한 점의 양심마저도 찾아볼 수가 없다.

정치권 주변이 특히 그렇다. 비리가 터지면 반응은 뻔하다. 당사자들은 저마다 "나는 아니다.", "모른다.", "사실과 다르다."는 말뿐이다. 직간접 관계자나 주변인들 역시 누구 하나 고백을 하거나 부끄럽게 여기는 사람조차도 없다.

거짓말은 한순간에 참과 거짓을 뒤바꾸고, 가해자나 피해자는 물론 잘잘못도 뒤집어 놓을 정도로 무서운 흉기다. 창이나 칼보다도 몇 배로 더 날카롭고 위험하다. 때문에 예로부터 거짓말은 죄악 중에서도 최악으로 여겼다. 불교에서도 거짓말(妄語)은 사람이 저지르는 열 가지 큰 악업 중의 하나다. 성경에도 '거짓말하는 자들은 불과 유황이 타는 못에 들어가게 될 것'이라고 할 정도로 거짓말은 가장 나쁘고 악한 죄다.

특히 거짓말은 지도자나 공인들에게 있어서는 치명적이다. 워터게이트 사건으로 대통령직에서 물러난 미국의 닉슨 대통령은 당시 도청을 했다는 사실보다는 오히려 대통령이 국민들에게 거짓말한다는 것이 사퇴를 불러오는 가장 결정적 원인이었다. 빌 클린턴 미국 대통령도 마찬가지였다. 성적 스캔들이 탄핵까지 간 것은 결국 위증 논란 때문이었다.

이처럼 거짓말은 모든 것을 한순간에 잃게 하고 사라지게 할 수도 있다. 가장 쉽게 할 수 있는 것도 거짓말이지만, 가장 두렵고 위험한 것도 역시 거짓말이다. 거짓말로 우선은 모면하고 피해 갈 수 있을지 모르지만, 악의적인 거짓말은 반드시 탄로가 난다. 여기에는 예외가 없다.

링컨도 "모든 사람을 잠시 속일 수 있고, 몇몇 사람을 영원히 속일 수는 있다. 하지만 모든 사람을 영원히 속일 수는 없다."라고 했다. 누가 봐도 명백한 숱한 거짓말들이 과연 얼마나 가는지 지켜볼 일이다.

장밋빛 약속들은 공수표

　너무 쉽게 약속을 하는 사람들이 있다. 정치인들은 물론, 주변에 환심을 사려는 사람들이 그런 유형이다. 이들은 다른 사람들의 관심을 끌고 마음을 얻기 위해 귀에 솔깃한 장밋빛 약속들을 마구 남발한다. 쉽게 말하는 크고 작은 그런 약속들은 대부분 공수표다. 처음 듣는 사람들은 관심을 가져보기도 하지만, 대부분은 이내 반신반의하며 가려서 듣게 된다. 약속이 지켜질 수 없다는 것을 대부분은 다 안다.

　춘추시대 노나라에 살던 미생(尾生)이라는 남자는 어느 날 사랑하는 여인과 다리 밑에서 만나기로 약속했다. 그는 약속한 시간에 맞춰 다리 밑으로 갔지만 여인은 나타나지 않았다. 그래도 미생은 그녀가 약속한 대로 꼭 올 것이라고 믿으며 다리 밑에서 계속 기다렸다.

그때 갑자기 소나기가 억수같이 쏟아지면서 개울물이 불어났다. 그러나 미생은 다리 밑을 떠나지 않았다. 발목에 닿던 물이 급기야 가슴까지 차오르자, 그는 다리 기둥을 붙들고 끝까지 발버둥을 치며 자리를 지켰다. 결국 크게 불어난 물에 휩쓸리면서 그는 죽고 말았다.

《장자》와 《사기》 등에 나오는 이야기로 흔히 말하는 '미생지신'(尾生之信)의 고사다. '목숨까지 잃으면서도 지킨 미생의 신의'로 해석할 수 있지만, 속뜻은 하나만 알고 둘은 모르는 바보 같은 믿음과 약속을 지칭하기도 한다. 즉, 약속을 위해 목숨까지 거는 어리석고도 고지식한 사람, 융통성 없는 미련한 사람을 때론 비유하기도 한다.

장자는 명분 때문에 수양산에서 은둔해 굶어 죽은 백이숙제(伯夷叔齊) 등 현사(賢士) 다섯 명과 함께 미생을 거론하면서 "모두 명목에만 달라붙어 죽음을 가벼이 여겼고, 본성으로 돌아가 수명을 보양하려는 생각을 하지 않았다(皆離名輕死 不念本養壽命者也)."고 비판했다. 그러나 《사기》의 소진열전(蘇秦列傳)에서 소진은 미생의 이러한 처신에 대해 굳은 신의라고 주목하면서 미생의 신의를 높이 평가했다.

이렇듯 약속에 관한 생각들은 사람마다 달라질 수 있다. 반드시 지켜야 한다는 쪽도 있지만, 때론 융통성을 발휘할 수도 있다는 부류도 있다. 어떻든 누구나 매일 같이 다양한 형태의 여러 약속들을 하게 되고, 크고 작은 약속들의 이행과정이 곧 일상이요, 삶이라고도 하겠다.

약속은 누구에게나 중요하지만, 지도자나 공적인 위치에 있는 사람들의 약속은 훨씬 더 중요하다. 그것은 조직과 공동체, 사회의 현재와 미래와도 직결될 수도 있고, 현재와 미래를 경절할 수도 있다.

이제 사람들의 귀와 판단은 밝고 정확하다. 누구의 말과 약속이 더 진정성이 있는지, 더 신뢰가 가는지 금방 구별해 낸다. 그뿐만 아니라 사람들은 약속의 의도나 배경까지도 손바닥처럼 훤히 들여다본다. 때문에 무늬만 현란하거나, 추상적이고 두루뭉수리 약속들은 백발백중 자살골이나 마찬가지다. 허풍스러운 즉석 약속들은 곧이곧대로 믿을 사람도 없다. 안 하기보다 열배, 백배 못 한 것이 허튼 약속이다.

오늘을 사는 사람들은 누구든 현실적이고 실리적이다. 크든 작든 남의 약속을 그냥 듣지 않는다. 어떤 약속이든 '얼마나 진정성이 있는가?' '과연 실현 가능성은 있는가?' '자신과 주변에게는 어떤 이익이 있는가?'를 따지며 듣는다는 사실을 결코 잊어서는 안 된다.

누가 아직도
익명으로 말하는가

BBC 등 세계적 권위를 가진 주요 언론들은 각종 정보들을 뉴스화하는 데 신중하기로 유명하다. 어떤 정보든 철저한 확인과 검증을 거친 뒤 기사화 여부를 결정한다. 오보나 잘못된 보도를 막기 위해서다.

그 대표적인 장치가 바로 '두 정보원 원칙(Two source rule)'이다. 즉, 출처가 다른 정보와 교차로 확인이 되어야 보도한다는 원칙이다. 어떤 의혹이나 문제가 제기되었을 때, 여러 당사자에게 다시 확인을 거치는 '교차 점검(Cross-check)'과는 약간은 다른 개념이다.

모든 정보는 이러한 확인과 검증을 거치기 때문에 이들은 강한 신뢰를 획득한다. 신뢰는 동시에 막강한 영향력과 권위도 갖게 해준다. 물론 우리 언론도 그러한 과정을 거치지만, 정보에 대한 검증 부실이 자주 문제가 되고 비판도 높아지고 있다. 특히 최근 들어서는 익명 인용 기사가 크게 늘어나자, '뉴스인지, 소설인지 모르겠다.'는 비아냥거림까지 나오고 있다.

실명이어야 할 취재원의 이름들은 언제부터인가 '관계자'나 '측근', '소식통', '고위 당국자', '핵심 인사'들로 둔갑했다. 그 대표적인 예가 최근 국민의힘 선대위 구성과 관련해 논란이 된 '윤핵관'이다. '윤핵관'은 '윤석열 후보 측 핵심 관계자'를 줄여서 한 말이다. 핵심 관계자라는 익명의 기사가 오죽 많고 잦았으면 '윤핵관'이라는 말까지 생겨나 회자되는 것일까. 놀라울 따름이다.

언론에서 기사를 내보낼 때는 실명이 원칙이다. 익명은 특별한 경우 제한적으로만 사용하도록 하고 있다. 예를 들어, 실명으로 기사가 나갔을 때, 당사자가 피해를 당하거나 위협을 받게 되는 경우, 또는 외교나 국방 문제 등과 관련해 문제가 야기될 수도 있는 상황 등이다.

이처럼 기사에서 인용을 익명으로 하는 경우는 극히 제한적인데도, 현실은 그렇지 않다. 기자의 편의대로 남용되기도 한다. 우리 언론들의 익명 보도에 관한 한 조사 분석에 따르면, 익명 인용은 취재원 보호보다는 대부분 습관적으로 사용되었다. 추측 보도나 언론사 입장을 강화하기 위해서도 자주 이용되었다. 결국 취재원 보호를 목적으로 한 익명 처리는 전체 조사대상의 10%도 되지 않았다.

이렇듯 익명이 남용되는 것은 익명으로는 어떤 민감한 말이나 껄끄러운 내용도 손쉽게 담아낼 수 있기 때문이다. 강도나 수위도 조절할 수 있고, 인용에 따른 여러 가지 논란이나 추궁도 피해 갈 수 있다는 편리한 점 때문이다.

　익명은 원래 취재원 보호를 위한 것이지만, 기자나 언론사도 그 보호망 속에 함께 몸을 숨길 수 있다는 것은 문제다. 가정을 확대하면, 기자나 데스크의 생각이 기사에 익명의 인용으로 둔갑한다고 하더라도 그 익명은 결국 확인할 길이 없다.

　기자들의 업무가 과중하고, 특히 비판기사를 쓸 때, 취재원이 이름 밝히기를 꺼리는 문화 등으로 인해 실명 인용은 결코 쉽지 않다. 여기에다 속보 경쟁마저 점점 치열해지는 상황이기 때문에 실명 인용보다 훨씬 손쉬운 익명을 활용하고자 하는 유혹은 높아질 수밖에 없다.

　그렇더라도 기사에 익명이 무차별로 용인될 수는 없다. 말하는 사람이나 전하는 사람 모두 실명을 말하고 실명을 밝힐 수 있어야 한다. 익명에 숨어서 하는 비판은 비판이 아니라 비난이요, 헐뜯기다. 언론이 쉽게 익명으로 인용하는 것은 저널리즘의 심각한 훼손이다. 신뢰사회와 건강한 여론 형성을 위해서도 익명의 그늘에서 함께 나와야 한다. 비겁한 보호막을 벗어던져야 한다. 누가 아직도 익명으로 말하는가!

직언이 사라지다

　방송사에서 간부로 있을 때였다. PD 출신이었던 회사 사장님과 식사를 하다가 우연히 직언(直言)이 화제가 돼 토론 아닌 토론으로 이어졌다. 여러 말들이 오갔으나, 당시 사장님께서 결론 삼아 마지막으로 한 말은 "직언은 책이나 드라마에서나 있는 것이지 현실에서는 없다." 는 것이었다. 그 말을 듣고 한참 동안 함께 웃었던 기억이 지금도 생생하다.

　그의 말은 물론 역설이다. 직언이 완전히 없을 리가 없다. 그의 말은 직언이 현실에서는 있을 수 없다고 할 정도로 어렵고 힘든 것이란 것을 강조한 말이다. 실제로 그렇다. 직언이란 아무리 가깝고 친한 사이라 도 하기가 쉽지 않다. 또 직언을 했을 경우, 상대방과의 관계가 어떻게 변화될지도 모르는 위험도 안고 있다. 그래서 직언은 하기도 어렵지만, 직언을 받아줄 수 있는 상대를 만나기란 훨씬 더 어려운 일이 되고 있다.

당 태종 이세민은 자신에게 늘 직언을 해오던 신하 위징(魏徵)이 죽자 비통해하면서 "위징이 세상을 떠나니 거울 하나를 잃어버렸도다(今 魏徵逝 一鑑亡矣)."라고 슬퍼했다. 전해지는 기록에 의하면, 위징은 태종에게 200번 이상이나 직언을 했다고 나온다. 직언이 심해지자, 태종도 어느 때는 결국 화를 참지 못하고 위징을 죽이겠다고 한 적도 있다. 이때 조복진간(朝服進諫)의 고사에 나오듯 황후가 태종의 분노를 가라앉히는 지혜를 발휘함으로써 위징은 위기를 모면하고 목숨을 건질 수 있었다.

위징은 그러나 태종을 향해 "군주가 현명해지는 것은 여러 방면의 의견을 두루 듣기 때문이며, 아둔해지는 것은 한쪽으로 치우쳐 몇 사람의 말만 듣는 것을 좋아하기 때문(兼聽則明 偏信則暗)"이라며 목숨을 건 직언을 계속 이어갔다. 하지만 당 태종은 위징의 말을 받아들일 줄 아는 넓은 아량을 가진 통치자였다.

직언을 이야기하면, 전한 시대 역사가이자 《사기》의 저자 사마천도 빼놓을 수 없다. 사마천이 태사령이 되어 지내던 어느 날, 전장에 나갔던 이릉(李陵) 장군이 흉노에게 투항하는 사건이 발생했다. 황제는 크게 분노하였다.

사마천은 침묵할 수도 있었지만 이릉이 어떤 사람인지 잘 알기에 황제에게 '부득이하게 투항할 수밖에 없었던 상황을 헤아려야 한다.'는 직언을 하며 이릉을 변호했다. 결국 사마천은 황제의 노여움을 사 치욕스러운 궁형까지 당하게 됐지만, 그는 끝까지 《사기》를 완성하였다.

역사적으로 봐도 옳고 바름을 위해 죽음도 두려워하지 않는 담대함으로 결코 포기하거나 물러섬 없이 직언을 이어가는 충신들이 있었기 때문에 성군이나 영웅도 탄생할 수 있었다. 동시에 권력의 폭력과 전횡으로부터 약자와 억울한 사람들도 구해낼 수 있었다. 그것은 비단 먼 옛날에만 국한하는 것이 아니라 지금도, 내일도 마찬가지다. 나라뿐만 아니라 자치단체나 기관, 회사나 조직 심지어 작은 동아리 하나에도 그 이치는 모두 똑같다.

문제는 직언이 사라지고 있다는 것이다. 조직을 이끄는 대표나 수장은 물론 간부나 구성원 누구 할 것 없이 직언의 위험을 감수하려는 사람은 없다고 해도 과언이 아니다. 모난 돌이 정 맞는다는 식으로 직언은커녕 싫은 소리 한마디도 하지 않으려는 비겁한 세상이 되어가고 있다. 애써 눈 귀를 막고 못 본 체하거나 침묵과 방관으로 일관하는 세태이다.

이런 분위기는 특히 이른바 선출직이 자리하는 정치권이나 자치단체를 비롯해 공공기관들 쪽이 더 심하다는 얘기들이다. 직언은 고사하고 윗사람이나 아랫사람 눈치 보기와 비위 맞추기에 목을 매고 있는 형국이다.

그도 그럴 것이 윗사람부터 오직 내 것과 내 편 챙기기에만 골몰하고 있으니, 직언이 설 자리란 애초부터 없다. 직언이 사라진 곳에는 목불인견의 아부만 넘쳐난다. 아부 잘하는 순서로 출세한다는 비아냥거림 속에는 줄 서기와 고자질, 남 헐뜯기만 독버섯처럼 돋아난다. 직언이 없는 세상은 죽은 세상이고 죽은 사회다. 어떻게든 다시 직언을 살려내야만 한다.

백설조(百舌鳥)를
떠올리다

백설조(百舌鳥)는 지빠귓과에 속한 새를 통틀어 이르는 말이다. 그
울음소리가 아름다울 뿐만 아니라 다양한 새의 소리를 능숙하게 모방
하기 때문에 붙은 이름이다. 검은지빠귀, 개똥지빠귀, 노랑지빠귀, 붉
은배지빠귀, 호랑지빠귀, 흰배지빠귀 따위가 여기에 속한다. 이들 새는
워낙 많은 소리를 내고, 다른 새소리들을 듣고는 비슷하게 내기도 하기
때문에 반설조(反舌鳥)라고도 했다.

여러 새의 소리를 내는 이러한 백설조를 문인들이나 가객들이 가만
히 두고 볼 리가 없다. 백설조는 실속 없이 말만 많이 늘어놓는 사람을
비유하는 데도 자주 사용되었다. 특히 임금이나 권력자 곁에서 입에
침이 마를 새도 없이 아첨을 떨며 비위를 맞추는 간신이나 아첨꾼들을
지칭하기도 했다. 두보는 자신의 〈백설(百舌)〉이라는 시에서 백설조를

남을 헐뜯는 사람(讒人)에 비유했다.

"백설조는 어디에서 왔는가. 거듭거듭 울며 그저 봄을 알리네(百舌來何處 重重祇報春)."... "오랜 시간 지나서도 울면 임금 옆에 하리쟁이 있는 것 같았다(過時如發口 君側有讒人)."라고 읊었다. 백설조가 흉내 내는 다양한 소리들을 통해 윗사람에게 남을 헐뜯어 일러바치기를 일삼는 아첨꾼들을 떠올렸던 것이다.

당대의 시인 유우석도 온갖 말들을 번드르르하게 하며 권세가에게 붙어 아부와 아첨을 떠는 간사한 무리들을 백설에 비유했다. "날렵하게 이리저리 날아다니며 사람을 즐겁게 하는 듯하지만"(綿蠻宛轉似娛人) "마음은 하나인데 혀로는 백 가지 소리를 내니 얼마나 요란한가(一心百舌何紛紜)."라고 비꼬았다. 한 입으로 두말하는 정도가 아니라 열 말이나 백 말하는 정도라는 것이다.

북송의 문학가이자 화가인 장순민은 백설조를 향해 "온갖 새들의 소리를 흉내 내지만 결국 자기의 목소리가 없구나(學盡百禽語 終無自己聲)." "깊은 산과 큰 나무 아래서 평생 입이나 다물고 살아봐(深山喬木底 緘口過平生)."라고 꼬집기도 했다. 다른 새들의 소리를 흉내 내는 잘 내지만 정작 백설조 자신의 고유한 소리는 없는 상태니, 차라리 침묵하고 사는 게 낫다는 경고인 것이다.

백설조에 비유할 만큼은 아니지만 요즘도 온갖 듣기 좋은 소리들이 넘쳐나는 세상이다. 이른바 잘 나가는 사람 앞에서는 직언이나 거슬리는 말은 사라지고 온통 칭송과 좋은 말들만 이어진다. 비위를 잘 맞추는 사람들은 잠시의 틈도 주지 않고 미사여구들을 동원하며 힘 있는 이들의 심기를 맞추어 간다.

아부 앞에 장사 없다고 했던가. 아부를 싫어하고 경계하던 사람도 어느 순간에 보면, 결국 아부하는 사람의 편에 서 있다. 아부하고 아첨하는 이들은 주변의 따가운 시선을 받기도 하지만, 가장 먼저 승진하고 출세하는 자리는 그들의 차지다. 이런 세태를 두고 혀를 차는 이들도 많지만, 예나 지금이나 달라지지 않는 현실의 벽 앞에서 그들은 한 번 더 좌절하거나 무너지기 일쑤이다.

데일 카네기가 "사람들은 누구나 존경에 굶주려 있고, 자신의 가치를 남이 알아주길 갈망한다."고 한 것에서도 알 수 있듯이 아부와 아첨이 끼어들 자리는 너무나도 많다. "타인으로부터 인정받으려는 욕구가 강한 것이 인간"이다 보니 세상사에서 아부는 영영 사라지지 않는 자생력을 지니고 있는지도 모르겠다.

말하기에
실패하는 사람들

'~ 때문에'를
입에 단 사람들

탓하는 말도 버릇이다. 사소한 일이든 큰일이든 남 탓을 하기 시작하면 그때부터는 남 탓하기도 점점 잦아진다. 모든 원인을 자신으로부터가 아니라 외부에서만 찾으려고 하기 때문이다. 결국 감사나 은혜보다는 원망이나 탓을 하면서 말끝마다 '~때문에'를 입에 달고 산다.

이들은 집안에서도 무슨 일이 생겼다 하면 흔히 '부모나 가족 때문에'라고 탓을 돌린다. 부부 사이에서도 잘못된 일은 모두 '당신 때문'이라고 하거나 '시댁 때문' 또는 '처가 때문'이라고 몰아세운다. 직장에서도 마찬가지다. 잘못된 것들은 모두 '거래선 때문에' 또는 '부하나 상사가 잘못하고 미숙한 때문'이라고 떠넘기기에 바쁘다.

사람들은 누구나 문제가 발생하면, 그 원인과 이유부터 찾으려고 하는 원초적 심리구조를 가지고 있다. 무엇 때문에 그런 일이 일어났는지 그 원인과 이유를 알아야 방어를 할 수 있고, 대처도 할 수 있기 때문이다. 그래서 원인 찾기는 마치 자동시스템처럼 바로 작동된다. 문제는 사회가 복잡해지면서 지금은 원인을 찾기도, 알아내기도 쉽지 않다는 데 있다. 이렇다 보니 상황이 발생하면, 우선 상대방에게 또는 누군가에게 먼저 탓을 돌려놓고 보자는 심리가 더 확산하는지도 모르겠다.

심리전문가들은 남 탓하는 말을 버릇처럼 하는 사람은 이기적 자기애가 강한 동시에 심리적으로 불안하거나 두려움이 있는 사람들이 많은 편이라고 한다. 또, 자기 정체성이나 자기 확신이 부족하고, 경우에 따라서는 치유되지 못한 어린 시절 수치심의 상처 등을 가지고 있다고도 말한다. 이러한 상처나 문제 때문에 일이 생기면 모면하고 방어하려는 심리부터 먼저 작동해 모든 원인을 남 탓으로 돌린다는 것이다.

'~때문에'를 입에 달고 사는 이들은 또, 대체로 미래보다는 과거 지향적인 경우가 많다. 지나간 기억들을 총동원하며 주변에 대한 탓할 거리들을 찾아내고, 그것들을 레코드판을 돌리듯 반복하기도 한다.

"너 때문에 늘 문제야!", "당신 때문에 우리가 욕먹잖아!", "네가 그때 그렇게만 안 했어도", "당신 때문에 스트레스를 받는다고!"…

이런 말들을 버릇처럼 반복하다 보면, 실제로 자신은 아무 잘못도 없고 상대나 다른 사람들이 모든 원인 제공자인 것처럼 착각에 빠지기도 한다.

　이런 사람들 치고 자신의 말이나 행동을 꼼꼼히 돌아보는 사람은 거의 없다. 자기 허물은 모르고, 알려고도 하지 않는다. 오로지 주변에 대해 탓하는 말만 하다 보니 하는 일마다 잘 될 리도 없다. 인간관계 또한 좋아질 수가 없다. 결국 '~때문에'로 인해 스스로 외부와 단절 또는 고립을 자초하는 셈이다.

　천주교에서는 미사 때마다 양심고백 기도를 통해 저마다 가슴을 치며 "내 탓이오!"를 세 번씩 반복한다. 모든 탓을 먼저 스스로에게 돌리는 이보다 더 진지하고 아름다운 기도가 없다고 생각한다. 맹자도 무슨 일이 잘못되면 그 원인을 남이 아니라 자신에게서 찾으라(行有不得者 皆反求諸己)고 했다.

　어떤 것이든 주어진 상황은 남을 탓한다고 해서 달라지거나 바뀌지 않는다. 자신이 그것을 마주하고 맞닥뜨리며 스스로 감당해 나갈 때, 비로소 달라지고 해결도 된다. 그래서 남을 탓하는 말은 또 다른 갈등이나 문제가 될 뿐이지 그것은 결코 어떤 방법도, 해결책도 될 수가 없다.

　'내로남불'이 세상을 멍들게 하듯 남 탓하는 말도 그것과 마찬가지다. 결국 '~때문에'는 바로 '제 눈의 들보'인 셈이다.

남의 단점을
자주 말하는 단점

남 말은 봄바람을 타듯 퍼져 간다. 세상이 시끄러울수록 남의 말이 더 넘쳐난다. 유명한 공인이나 정치인들에 대한 이런저런 단점을 말하는 것은 이해가 가지만, 문제는 주변이나 가까운 사람의 단점을 자주 말하는 경우다. 자신은 정작 단점투성이면서도 남에게는 충고나 지적을 태연하게 하는 사람들도 있다. 이들은 누군가로부터 남의 단점을 듣거나 알게 되면 마음에 담아두지 못하고 말하고 싶어 안달한다. 대부분은 들었던 것보다 부풀려 떠벌린다.

채근담에 '이단공단(以短攻短)'이라는 말이 있다. 남의 단점을 들춰내는 것은 자신의 단점으로 남의 단점을 공격하는 것이라는 의미다. 남의 단점이나 흠은 말하고 전하는 것이 아니라 덮어주라는 뜻이다. 히브리어로 '나쁜 혀'라는 의미인 '라숀 하라(Lashon hara)'는 다른 사람에 대해 하지 말아야 할 말을 뜻한다. 유대인들은 사실이라고 하더라도 다른 사람을 깎아내리거나 피해를 줄 수 있는 말은 철저히 금한다. 남의 단점을 말하는 것은 그만큼 위험하다.

그러나 사람들 가운데는 상대방에 대한 단점 말하기를 버릇처럼 입에 달고 사는 사람도 있다. 남의 말에 트집이나 흠을 잡거나, 없는 자리에서 스스럼없이 다른 사람의 흉을 보거나 험담도 한다. 바로 '내로남불'이다.

지인들과 어울려 골프 등 운동경기를 하다 보면 상대방의 '내로남불' 식 룰 적용 때문에 마음이 상할 때가 있다. 룰 적용을 자신에게는 관대하게 하면서 상대방에게는 엄격하게 하면 분위기가 일순간에 어색해지기도 한다. 이런 경우가 바로 자신의 단점을 덮고 상대방의 단점만을 지적하는 '내로남불'이다.

남의 잘못이나 단점을 지적하기 위해서는 스스로가 먼저 상대보다 훨씬 더 엄격하고 철저한 룰을 지켜야만 된다. 그렇지 못한 상태에서는 지적이나 충고를 해도 백이면 백 상대방의 말을 받아들이거나 수긍하지 않는다. 오히려 '너부터 잘하라'라는 말이 나올 정도로 반발심만 커지게 된다.

춘추시대 제나라의 관중과 포숙아는 어려서부터 절친이었다. 눈에 띄게 총명했던 포숙아는 일찍 벼슬길에 오른 뒤, 가장 먼저 천거한 인물이 바로 친구 관중이었다. 관중을 천거했다는 소식을 들은 임금은 포숙아에게 관중은 이런저런 단점이 많다고 들었는데 어찌 된 것이냐고 물었다. 포숙아는 임금에게 관중은 단점도 물론 있지만, 오히려 남들과는 비교할 수 없는 경륜과 장점들을 가진 인재라며 천거 이유를 하나하나 힘주어 설명했다. 임금은 관중을 등용했고, 관중은 포숙아의 말처럼 나라살림을 맡아 나라를 잘살고 부강하게 만들었다. '관포지교(管鮑之交)' 고사의 배경이다.

철학의 아버지라 불리는 그리스의 철학자 탈레스는 제자들에게 "세상에서 가장 쉬운 일은 남에게 충고하고 남 말 하는 것이며, 세상에서 가장 어려운 일은 자신을 아는 것"이라고 했다. 남의 단점이나 흠을 자주 말하는 사람은 분명 단점이 더 많은 사람이다. 동시에 자신에 대해 남들은 다 알고 있는 것을 자신만 모르고 있는 참으로 어리석은 사람이다.

양설(兩舌)

양설(兩舌)은 한 입으로 두말하는 이간질이다. 이 사람 저 사람에게 다니며 서로 다른 말로 사이를 갈라놓음으로써 오해와 다툼이 일어나게 하는 나쁜 말이다.

이간질하는 사람의 말을 곧이곧대로 믿다간 회복할 수 없을 정도의 마음의 상처를 입기도 한다. 뒤늦게라도 이간질이었다는 것을 알게 되면, 그나마 서로 오해라도 풀릴 수 있어 다행이다. 그렇지 못하면 엄청난 오해를 안은 채 관계가 영영 단절되는 경우도 허다하다. 이간의 상처는 평생 마음의 주름이 되기도 한다.

이렇다 보니 이간책은 병법(兵法)으로까지 자주 활용된다. 삼국지에는 문경지우 간인 이각과 곽사를 이간질해 두 사람이 목숨을 걸고 싸우도록 한 양표의 이간책이 유명하다. 동탁이 죽고 나자 이각과 곽사가 조정을 쥐락펴락하며 전횡을 일삼자, 양표는 두 사람을 이간질해 싸우게 한 뒤 둘을 한꺼번에 제거하려는 이간계(離間計)를 도모했다.

양표는 아내를 시켜 곽사가 이각의 아내와 놀아난다고 꾸며 곽사의 아내에게 계속 일렀다. 결국 이간질에 속은 곽사와 이각은 사생결단으로 싸우는 장면이 나온다. 이처럼 이간은 사람의 목숨을 앗아갈 정도로 치명적이다.

일상에서 이간질은 어떤 사람들이 하는 것일까? 가만히 보면 유형이 있다. 하나는 주변 사람들의 일거수일투족에 유독 관심이 많으며, 무엇보다도 남 말하기를 좋아하는 주관이 부족한 사람들이다. 또 한 부류는 열등감을 자존심인 양 감추면서 시샘과 질투가 유난히 많은 사람들이다.

이런 부류의 사람들은 자리를 가리지 않고 주변 사람들을 대화의 소재로 자주 올린다. 괜히 없는 사람의 이름을 들먹여 그에 관해 뭔가 듣고 싶어 하고, 때론 궁금한 것을 집요하게 캐묻기도 한다. 새로운 사실을 하나라도 들으면 자신의 상상력까지 동원해 들은 이야기를 옮기고 싶어 안달한다. 이런 사람들이 이간질을 할 위험군이다. 말을 섞으면 안 될 사람들이다.

그러나 사람 사는 곳에는 한 입으로 두말하는 사람이 있을 수밖에 없고, 누군가의 이간질 또한 있기 마련이다. 관건은 어떻게 하면 저마다 이간하는 상황에 빠져들지 않느냐 하는 것이다.

가장 중요한 것은 근본원인부터 제거해 나가는 것이다. 즉, 자리에 없는 사람에 관해서는 말 하지도 말고 듣지도 말고, 그런 자리는 어떻게든 피하고 멀리하는 것이다. 말이 말을 부른다는 말처럼, 남 말도 여러 번 듣다 보면 어느 순간엔 자신도 모르게 스스로 남 말도 하게 된다.

또, 그런 자리가 잦아지면 자연히 자신의 말을 옮기는 사람도 나오고, 흉보고 험담하는 남도 생겨나기 마련이다. 결국 이간에 빠지게 된다. 그래서 예로부터 비례물청(非禮勿聽) 비례물언(非禮勿言)이라 하여 '예가 아니면 들으려고 하지도 말고, 말조차 건네지 말라'고 했는지도 모르겠다.

또 하나 중요한 것은 역시 열린 마음이다. 자신이나 상대에 관한 예상치 못한 안 좋은 말을 들었을 때는 혼자 마음에만 두지 말고 어떻게든 말하고 알아보아야 한다. '그럴 리가 없는데...' 또는 '아무리 생각해도 그가 그런 말까지 할 수는 없는데...'라는 생각이 들 때는 특히 그냥 넘어가면 안 된다.

그때는 다소 마음이 불편하더라도 말을 전하는 사람이나 상대방과 직접 대화하고 소통하면서 차분히 그 말의 진위나 경위를 확인해 보는 것이 지혜로운 대응이다. 말이 사실이더라도 괜찮다. 그때는 충분한 설명이나 해명의 기회가 될 수 있으니까. 불편한 마음을 마음속에만 두고 혼자 속앓이를 하는 것보다는 열배 백배 더 낫다. 이렇게 했을 때 비로소 더 이상의 오해나 왜곡도 없어지고 후환 또한 따르지 않게 된다. 양설 또한 더 이상 발을 붙일 수가 없다.

말문을 막는 대화의 적들

    어이가 없거나, 기가 막히거나, 어처구니가 없을 때는 말문이 막혀 말이 나오지 않는다. 너무 이치에 맞지 않는 큰일을 당하거나 황당할 때도 그렇지만 상대방의 예상치 못한 말이나 반응을 마주했을 때도 그렇다.

    세상을 떠들썩하게 하는 일 때문에 말문이 막히는 것이야 그렇다고 치더라도 문제는 일상의 이런저런 대화에서도 말문이 막힐 때가 많다는 것이다. 바로 대화 중에 상대방이 갑자기 말문을 가로막고 나서기 때문이다. 고의든, 무심코든 누가 말문을 막으면 대화는 그 순간부터 끝나고 만다.

    퇴근한 남편이 아내와 저녁을 먹다가 업무와 관련된 전화를 받고 나

더니 갑자기 표정이 굳어졌다. 옆에서 이를 지켜보던 아내가 걱정이
되어 망설이다가 조심스럽게 남편에게 한마디를 물었다.

"회사에 무슨 일이 생겼어요?"

"일은 무슨 일이야! 말해봐야 당신이 알지도 못하면서!..."

일이 궁금해서가 아니라 남편을 생각해서 건넨 말인데 남편은 아내
의 말문을 무참히 막아버린다. 두 사람의 대화는 거기서 끝난다.

저녁 약속이 있는 후배가 사무실에서 퇴근준비를 서두르고 있다. 옆
자리의 선배는 아직 일을 마무리하지 못하고 끙끙거린다. 먼저 퇴근하
는 것이 약간 미안도 하고 해서 후배가 말을 건다.

"선배님, 오늘 좀 늦겠네요? 커피라도 한잔 빼다 줄까요?"

"커피는 내가 알아서 할 거야..."

인사치레로 한 말인데 기대와는 완전 다른 답변에 후배는 괜히 기분
이 나쁘다.

"괜찮아. 나도 빨리 끝내고 갈 거야"라는 식으로 얼마든지 좋게 받아
넘길 수도 있는데 선배는 말에 가시를 돋게 해 후배의 말문을 막았다.

입사한 지 몇 년 안 된 직원이 상사와 옆자리에 앉아 먼 거리 출장을
가고 있었다. 침묵이 잠시 흘렀다. 분위기 전환을 위해 직원이 용기를
내 상사에게 한마디를 건넨다.

"부장님, 골프 잘 치신다고 들었는데 핸디가 얼마나 되세요?"

"웅?! 골프도 못 하는 김 대리가 그런 걸 알아서 뭐하려고!..."

상사가 좋아하는 것들을 이야깃거리로 삼으면 대화가 더 잘 이어진다는 말을 듣고 용기를 내본 건데 상사는 바로 말문을 막았다. 예상치 못한 부장의 답변에 말문이 막혀버린 김 대리의 말은 거기까지였다.

말문을 막는 대화의 적들은 많다. 무슨 말을 꺼내자마자 "그것 이미 들은 이야긴데…", 아니면 "또야? 도대체 몇 번째 그 이야기를 하는 거야?"라고 말문을 막는다. "넌 몰라도 돼!", "들으나 마나지!", "남의 일에 신경 좀 쓰지 마!", "당신이나 잘해!", "나도 안다니까!", "결론만 말해!", "나 지금 좀 바쁜데…" 이런 식의 말도 말문을 막는 대화의 적들이다.

말을 잘하는 사람은 결코 상대방의 말문을 막지 않는다. 오히려 도중에 끊어진 말도 어떻게든 이어가게 해주고, 하던 말도 더 잘할 수 있게 분위기를 만들어 준다. 이미 들은 이야기도 처음 듣는 것처럼 귀 기울여 주고, 알고 있는 것들도 몰랐던 것처럼 관심을 갖고 들어준다. 이들은 어디에서든 먼저 인사를 건네는 편이며, 늘 상대방에게 마이크를 양보하는 사람이기도 하다.

해바라기는 어디서든 해를 찾아 향하듯, 사람의 마음도 결국 말을 잘 들어주는 사람을 향하기 마련이다. 주변에 사람이 많고 인간관계가 좋은 사람은 분명히 말을 잘 들어주는 사람이다. 특히 그는 어떤 경우에도 결코 상대방의 말문을 막는 일이 없는 사람이다.

누구도 남의 말문을 막을 수는 없다. 결코 막아서도 안 된다. 말을 잘
하려면 평소 누군가의 말문을 막지는 않았는지부터 돌아볼 일이다.

자신만 모르는 나쁜 말버릇

사람마다 다양한 말버릇이 있다. 그러나 자신의 말버릇을 스스로 알기는 쉽지 않다. 누구나 자신을 가장 잘 안다고 생각하면서도 남보다 모르는 '나'의 모습이 의외로 많기 때문이다. 성격이나 표정, 목소리, 걸음걸이, 말버릇 등이 대표적이다. 특히 말버릇은 남들은 다 알고 있지만 정작 자신만 잘 모른다.

방송사에서 매주 TV토론을 진행할 때다. 잘 알고 지내던 한 교수님은 학계에서도 알아주는 실력파이지만, 한번 말을 시작하면 끝이 없어 토론 패널 섭외에서는 늘 제외했던 기억이 난다. 전직 장관까지 지낸 또 다른 한 분은 강의를 부탁하면 열강이지만 항상 시간 안에 마무리를 하지 못했다. 수강하던 사람들 중에 한 둘씩 자리에서 일어서는데도 끝을 못 낸다. 말들이 많아 어느 날 그에게 웃으며 "강의란 짧은 건 용서가 되지만 긴 건 절대로 용서가 안 되는 물건"이라고 에둘러 꼬집었지만, 이후에도 결국 그대로였다. 그는 강의 때마다 끝까지 열강을 하면서도 주변으로부터 자주 특강에 초대받지 못하는 듯했다.

미국의 심리학자 조셉 루프트(Joseph Luft)와 해리 잉햄(Harry Ingham)은 커뮤니케이션을 진단하는 도구로 '조하리의 창(Johari's Window)'을 개발했다. 원활한 커뮤니케이션을 위해서는 여러 '자아'에 대한 인식이 제대로 되어 있어야 한다고 보고 자아를 크게 네 개로 구분했다. 즉, '열린 자아(Open area)'와 '숨겨진 자아(Hidden area)', 눈먼 자아(Blind area)'와 '알 수 없는 자아(Unknown area)'가 그것이다. 열린 자아는 이름이나 키처럼 모두가 아는 공유된 '나'이며, 숨겨진 자아는 스스로 감추고 있는 나의 모습이다. 눈먼 자아는 남들은 다 알고 있지만 나만 모르는 자신이다. 말버릇도 당연히 눈먼 자아 범주에 포함된다.

효과적인 소통을 위해서는 숨겨진 자아, 즉 '비밀'이 너무 많은 것도 걸림돌이지만, 눈먼 자아가 많으면 커뮤니케이션은 어려워진다. 남들은 이미 다 알고 있는 자신의 나쁜 말버릇이나 태도를 정작 본인만 모르고 있다면 그의 소통력이나 설득력은 떨어질 수밖에 없다.

그중에는 상대방의 말을 자주 끊는 말버릇이 흔히 문제가 되곤 한다. 누가 말을 하면 불쑥 "아니 아니, 그게 아니고..." 하면서 끼어들어 상대방의 말을 가로채 간다. 상대방의 말을 끝까지 듣지도 않고 지적부터 하며 말을 끊는다.

　사람들 중에는 또, 어떤 정보나 소식이든 자신이 남보다 하나라도 더 많이 알고 있는 것처럼 과시하며 말하길 좋아하는 사람들도 있다. 이들은 남의 말이 끝나기 무섭게 "그건 겉으로 하는 소리고 사실은…" 이라고 하거나 "그건 진짜가 아니고 진짜 이유는 바로…" 하면서 은밀한 배후가 있는 것처럼 끼어들어 말을 가져간다. 뭔가 있는가 들어보면 십중팔구는 이미 다 알고 있는 풍설 또는 소문 정도에 지나지 않거나 자신의 추측을 더한 것에 불과한 것들이다.

　숫자에 집착하는 사람들도 자주 본다. 말하는 중에 어떤 수치가 잘 못되면 참지 못하고 파고 들어와 바로 잡고 만다. 그냥 넘어가도 되고, 말이 끝난 뒤 바로 잡아도 늦지 않은데도 "그건 틀렸고…" 하면서 화살을 쏜다. 상대방이 무안해하거나 대화의 흐름 방해 같은 것은 아랑곳하지 않는다.

　이들은 남의 말이나 말투에 대해서는 지적을 잘하면서도 정작 자신의 말버릇은 어떤지 모른다. 남의 말에 대해서만 예민할 뿐, 자신이 다른 이에게 하는 말은 어떤지 살피거나 돌아보는 법이 없기 때문이다. 말버릇이 잘 고쳐지지 않는 이유이기도 하다.

　결국 나쁜 말버릇은 자신을 모르는 데서 생겨난다. 이것은 특히 대화에서 자신은 늘 옳고(自是之癖), 남보다 많이 안다는 생각(自勝之癖)에 사로잡히면 그 정도가 훨씬 더 심각해진다. 이쯤 되면 '과이불개(過而不改)'는 당연하다.

'라떼'는 이제 혼자 마셔라

사람의 말도 들어보면 과거를 주로 이야기하는 사람과 미래를 자주 말하는 사람으로 구별이 된다. 같은 말이라도 과거보다는 미래를 자주 말하는 사람의 말이 더 설득력이 있다. 지나간 일보다 다가올 일에 대한 이야기를 자주 하는 사람이 더 편하고 이미지도 좋아 보인다.

과거를 자주 말하면서 지난 기억에 주로 머물러 있다 보면 자신도 모르게 빠져들게 되는 것이 흔히 말하는 것처럼 '라떼'와 '꼰대'생각이다. 이야기를 시작했다 하면 "나 때는~"하면서 들었던 이야기를 다시 늘어놓거나 나이가 적은 사람들만 보면 가르치려고 드는 경우이다.

과거를 기반으로 늘 생각하고 말하는 데 익숙해지면 생각이 미래에 가 있는 사람에 비해 더 보수적이고 폐쇄적으로 변하기 쉽다. 관점도 과거로 치우쳐져 있고, 판단이나 이해도 과거 기준에 늘 머물러 있다.

이들이 하는 말은 기대나 희망보다는 후회나 아쉬움, 원망들이 더 많다. "그때 ~했어야 했는데..", "그때 ~할 걸...", "그때 내가 말했잖아!" 하는 식이다. 후회와 아쉬움은 바로 "당신 때문이야~", "네 탓이야!"라는 화법으로 이어진다. 지나간 것에 대한 후회와 남 탓만 한다.

문제는 이런 사람들의 말이 늘 분란의 씨가 되고 화근이 된다는 점이다. 그것은 말하는 사람이나 듣는 사람 누구에게도 도움이 안 되는 마이너스 화법이기 때문이다. 들을수록 후회와 아쉬움만 더해질 뿐이다.

후회하고 고민하는 말들을 듣고 싶어 하는 사람은 없다. 사람들은 누구나 과거보다는 희망과 꿈에 더 관심이 많다. 슬픈 일보다는 즐거운 일, 실패한 이야기보다는 성공한 이야기, 지나간 일보다는 앞으로 생길 일에 귀를 기울이고, 그런 말을 하는 사람을 더 선호한다.

미국의 과학자 찰스 F. 케터링은 "나의 관심은 미래에 있다. 그것은 내 삶의 나머지 부분을 미래에서 보내야 하기 때문이다."고 했다. 사람들은 저마다 미래를 위해서 산다. 관심도 어제보다는 오늘, 오늘보다는 내일에 있다. 젊은이들로부터 '라떼'와 '꼰대'가 자주 비판의 대상이 되곤 하는 이유도 생각이나 말이 미래를 향하는 것이 아니라 주로 과거에만 머물러 있기 때문이다.

꼰대생각에서 벗어나려면 우선 과거에서 벗어나야 한다. 이른바 미래형 인간으로 거듭나야 한다. 말의 콘텐츠도 새롭게 해야 하고, 무엇보다 '내일'을 더 많이 말해야 한다. 나이 든 사람일수록 더 그렇다.

토인비는 "사람이 늙으면서 과거에 붙들려 있으면 불행하다. 또 미래에 대해 눈을 뜨지 않으려는 약한 마음도 생긴다."면서 "과거의 사람은 몸이 죽기 전 이미 죽은 사람이다. 희망을 품고 미래를 보는 용기가 사람을 젊게 만든다."고 했다.

요즘의 한 해가 예전의 10년과 같다고 할 정도로 세상이 빠르게 변하고 있다. 세상이 변한다는 의미는 생각이 바뀌고 관심사가 어제, 오늘 달라진다는 말이다. '꼰대정치'에 대한 쇄신 여론과 함께 정치권에 불고 있는 세대교체 바람만 봐도 그렇다.

결국 말이 달라지고 새로워지려면 생각이 변하지 않으면 안 된다. 새로운 변화의 물결에 뒤처지지 않고 올라타야 한다. 제자리에 머물러도 뒤처지는 것이며, 뒤처지면 바로 '왕따'가 되거나 고사하고 만다.

꼰대처럼 하는 말이나 독불장군처럼 하는 말들을 이제 들어줄 사람은 아무도 없다. 후회하고 원망하거나, 남 탓이나 하는 말들은 더더욱 귀 기울일 사람들이 없다. 자신에겐 더없이 중요했던 지난 일들도 남들은 대부분 관심이 없다는 사실도 하루빨리 알아채야 한다. '라떼'는 이제 혼자 마시면 충분하다.

목소리 큰 사람들의 착각

여럿이 모인 자리에서 때론 별로 중요하지도 않은 화제를 놓고 서로 목소리가 높아질 때가 있다. 서로 물러서거나 양보를 하지 않으면 얼굴을 붉히는 일이 생기기도 한다. 이런 때는 옆에서 바라보는 사람들도 어느 한쪽 편을 들거나 만류할 수도 없고, 곤혹스럽다.

흔히 이런저런 정치적 관심사나 사회적으로 이슈가 되는 뉴스 인물에 대해 나름의 지지나 반대 의견들을 불쑥 내놓다가 발단이 되곤 한다. 이렇게 시작된 분란의 대부분은 분위기가 어색해지는 정도에서 마무리되지만, 때로는 수습하기 곤란할 정도로 확대가 되기도 한다.

대부분 사람들은 누가 자신에게 특별히 무슨 의견을 구하거나 동의를 요구하지 않는 한 어떤 말을 해도 "저런 생각도 하는구나!"하는 정도로 그냥 듣고 지나친다. 내용이 수긍이 가지 않더라도 혼자 속으로 '생각도 참 다르네!'하는 식으로 듣는다.

그러나 문제는 상대방의 말을 그렇게 받아들이지 못할 때다. 상대가 하는 말을 그 자리에서 내용이 틀렸다고 지적하거나 상대의 생각 자체를 바꾸려고 들 때 분란은 커진다. 이때 하는 어법은 흔히 "무슨 그런 식의 말을 하느냐.", "사실과 완전히 다른 얘기를 하고 있네.", "그것에 대해서는 내가 내용을 잘 알고 있는데...."라고 하는 식이다.

이런 말을 하는 사람들은 자신의 말이 맞는다는 것을 보여주기 위해 그동안 보고 들은 온갖 것들을 논거로 들며 주장을 이어간다. 상대의 설명이나 반박에 대해서는 거의 수긍하려고 들지 않는다. 시간이 가면 오히려 상대를 향해 '편견에 빠져 있다.'거나 '내용도 잘 모르면서 수긍을 안 하네.' 하는 식으로 공세를 가하기도 하면서 자신을 정당화시키려고 한다.

문제는 이런 상황이 지속되면서 커진다. 이를테면 '다른 사람들은 다 그렇게 생각 안 하는데 당신 혼자만 유독 끝까지 우긴다!'라는 식이다. 나아가서는 '지금 당장 길 가는 사람들한테 한 번 물어볼까? 당신처럼 말하는 사람은 한 사람도 없을 거야!'라며 상대를 몰아세우기도 한다.

이런 말을 듣고 스스로 주장이 잘못됐다거나 틀렸다고 수긍하는 이가 과연 몇이나 될까? 대부분은 그 말 때문에 오히려 주장을 더 강하게 이어간다. 그때부터는 오직 상대방이 하는 말에 어떤 모순이나 잘못이 있는지를 찾아내기 위해 열을 올릴 뿐이고, 자연히 서로 목소리는 커질 수밖에 없다.

　사람들은 누구나 자신이 가장 합리적이고 세상을 왜곡 없이 바라보고 있다고 생각하는 경향이 있다. 또, 자신의 생각이 가장 보편적이라고 믿으며 다른 사람들의 생각도 자신의 생각과 비슷할 것이라고 믿는다. 이러한 믿음이 지나치게 커지면 착각에 빠져들게 된다. 이것을 사회심리학에서는 '허위 합의 효과(false-consensus effect)' 또는 '허위 일치성 편향'이라고 한다.

　이런 착각에 빠지면 주변에 있는 사람들이 자기 생각과 같다고 여기기 때문에 어떤 토론이나 논쟁에서도 결코 주장을 굽히거나 수정하지 않는다. 심지어는 자신의 판단과 신념을 다른 사람이 받아들이도록 강요하기도 한다. 나아가 자신과 생각이 다른 사람들을 보면 '이상한 사람', '특이한 사람'으로 단정하면서 그들을 도저히 이해할 수 없다고 매도한다. 뿐만 아니라 '내 편', '네 편'으로 편을 가르며 동조를 구하기도 한다.

　우리는 일상에서 다른 사람의 생각과 판단을 참고하기도 하고 비교도 하면서 자신의 생각이 어떤 좌표에 있는지 늘 관찰하고 확인하는 노력을 기울여야 한다. 상대방의 말에 귀를 기울이며 이해하려고 하는 동시에 상대방의 반박이나 반론이 있을 때는 그렇게 말하는 논거와 이유도 따져봐야 한다. 그래야만 늘 균형 잡힌 시각을 유지할 수 있고, 자신의 주장이나 말이 잘못되거나 논리적 모순을 범할 가능성도 그만큼 낮아지게 된다.

자신이 하는 말에 대해서는 어떠한 점검이나 돌아봄도 없이 상대방이 하는 말에 대해서는 늘 문제가 있다는 식으로 목청을 높이는 사람들이 있다. 자신의 말과 주장은 늘 다른 사람들에게 많은 공감과 지지를 받고 있다는 큰 착각에 빠져 있는 사람들이 여기에 해당한다. 무지한 사람들보다 이런 착각에 빠진 사람들이 더 문제다. 그들은 좌중에서 늘 목소리가 크고 시끄럽다. 주장을 굽히는 법이 없어 자주 분란의 당사자가 되기도 한다.

주변에 목소리가 큰 사람이 있다면 주목해서 보라. 목소리가 큰 사람일수록 이런 착각에 빠져 있는 경우가 훨씬 더 많기 때문이다.

일파만파 분란 부르는 말 말

유명한 지도자나 정치인, 인기 연예인 또는 고위 관료나 대기업 회장 등 영향력 있는 인사들의 신중하지 못하고 정제되지 않은 말 한마디는 나비효과처럼 집채만 한 파도가 되기도 한다. 때론 강력한 태풍이 되기도 한다. 요즘은 그 말 한마디가 실시간으로 전국은 물론 전 세계로까지 퍼져나간다.

큰 파장을 불러오는 이런 말은 의도한 발언보다는 대부분은 신중하지 못한 말과 실언 때문이다. 사소한 농담 한마디가 진담으로 돌변하면서 상황을 심각하게 몰아가기도 하고, 때로는 무심코 내뱉은 말이 분노를 들끓게 하며 책임추궁을 불러오기도 한다. 이런 때는 누구도 상황을 진정시키거나 걷잡을 수도 없다. 결국 자리를 물러나야 하고, 사법처리의 대상이 되기도 한다.

나비효과란 말이 처음 나온 것은 70년 전이다. 미국의 기상학자 로렌즈가 한 강연에서 〈브라질에서의 한 나비의 날갯짓이 텍사스에 돌풍을 일으킬 수도 있는가?(Does the Flap of a Butterfly's Wings in Brazil Set Off a Tornado in Texas?)〉라는 제목으로 강연을 하면서부터다. 나비의 날갯짓처럼 작고 사소한 것들이 향후 예상하지 못한 엄청난 파장과 결과로 이어지게 되는 현상을 의미한다.

이런저런 말로 인한 나비효과의 가능성은 오늘과 같은 초연결 디지털 시대에는 훨씬 더 높다. 따라서 책임 있는 자리에 있는 사람들의 말은 신중하고 신중해야 하며, 언제 어디서든 정제되고 절제되어야 한다. 모르면 묻고, 의심이 가면 확인해야 한다. 말은 그 이후에 해야 실수가 없다. 잘 모르면서 확인을 하지 않는 상태에서 속내를 쉽게 드러내면 실언이 될 가능성이 높다.

여야 주요 정치인 등의 아니면 말고 식 폭로나 의혹제기, 무지에서 비롯된 주장과 떠벌림으로 세상을 뒤흔든 크고 작은 말 파동은 이루 헤아릴 수 없을 정도로 많다. 그들은 당사자나 피해자들의 잇따른 고소, 고발로 사법처리의 대상이 되기도 하지만, 신중하고 적절치 못한 말들은 지금도 여전히 이어지고 있다. 하루가 멀다 하고 신문, 방송의 뉴스면을 가득 채우고 있다.

구체적인 물증과 팩트 없는 설익은 의혹 제기는 나비효과처럼 나비의 날갯짓이 태풍이 되어 불어닥치듯, 큰 피해와 후유증을 몰고 온다. 자신이 한 말이 큰 파장을 불러오자, 부랴부랴 해명하고 사과를 하는 등 수습에 나서지만, 대부분은 이미 때가 지나간 경우이고, 피해가 엄청나게 발생한 이후이다.

책임 있는 위치에 있는 사람들의 정제되지 않는 말, 소문이나 다름없는 폭로식 의혹제기 등이 국민들의 삶에 얼마나 큰 피해를 불러올 수 있느냐 하는 것은 상상을 초월한다. 하루아침에 시장에 큰 충격을 주기도 하고, 수요공급에 엄청난 왜곡과 파장을 불러오기도 한다. 그뿐이 아니라 정치, 사회적 불신을 확대하고, 여론을 왜곡하기도 한다. 그러나 문제의 심각성은 지금도 그런 위험한 말들이 난무하고 있고 여전히 이어지고 있다는 점이다.

나오면 붙잡을 수 없는 것이 말이다. 날개 없이도 천리만리를 가는 것이 말이다. 지도자나 정치인 등의 말은 더 그렇다. 그래서 말이란 아무리 조심해도 지나치지 않는다. 오죽했으면 "말조심하기를 병을 틀어막는 것처럼 하라(守口如甁)."라고 했을까. 신중하지 못한 지도자들의 말들이 두렵게 느껴지는 요즘이다.

초연결시대의 단절과 고립

상상을 초월하는 스피드와 용량을 자랑하는 최첨단 정보전달 시대를 살고 있지만 소통은 오히려 불통이 되는 모습이다. 초연결시대를 맞아 수많은 미디어가 생겨나고 SNS가 일상화되고 있으나 소통의 부재로 인한 개인의 고독감은 오히려 더해지고 있다. 공동체로부터의 사회적 고립감 역시 심화되고 있다.

통계청이 조사한 2023년 우리나라 사회지표를 봐도 국민들 10명 중 2명꼴인 18.5%가 외로움을 느끼는 것으로 나타났다. 여성은 외로움을 느끼는 비율이 19.4%로 남성 17.5%보다 높았다. 특히 연령대별로는 60세 이상이 24%나 외로움을 느낀다고 답해 다른 연령층에 비해 고립감이 높았다. '아무도 나를 잘 알지 못한다.'고 생각하는 국민들도 13%를 차지했다.

사회적 관계망에 있어서도 몸이 아파 집안일을 부탁해야 할 경우 26%는 부탁할 사람이 없다고 답했고, 갑자기 많은 돈을 빌려야 할 경우는 응답자의 절반 정도인 49%가 빌릴 사람이 없다고 답했다. 낙심하거나 우울해서 이야기 상대가 필요한 경우에도 20.2%는 본인에게 도움을 줄 수 있는 사람이 없다고 했다. 특히 연령대가 높고, 돈이 필요하고, 아픈 사람일수록 도움을 받을 상대가 줄어들고 있으며, 고립 또한 심화되는 것으로 나타나고 있다.

당국은 소통을 강조하며 복지나 연대를 확대하고 있다고 목소리를 높이고 있지만, 국민들이 느끼는 사회적 고립감이나 외로움은 더해져, 사회는 오히려 빨간불이 켜지는 상황이다. 개인을 둘러싼 관계망은 넓혀지고 확장되기보다는 점점 닫히고 막히는 모습이다. 새로운 장애물이나 벽이 생겨나면서 개인은 고립되고 단절되며, 크고 작은 칸막이들로 정이 메말라가는 사회가 되고 있다.

이러한 원인은 고질적인 기존의 권위주의나 수직문화 등과 함께 광범하게 확산된 비교와 차별의식, 편견과 고정관념 등이 불식되지 않고 있기 때문이다. 이러한 뿌리 깊은 소통의 적들은 오늘과 같은 최첨단 IT시대에도 여전히 쉽게 뛰어넘지 못하는 커다란 장벽인 동시에 큰 걸림돌로 작용하고 있다.

전문가들 가운데는 이러한 원인 외에도 우리말의 복잡한 존비어(尊

卑語) 체계와 엄숙주의에 따른 대화나 토론문화의 부재가 큰 원인이라는 지적도 한다. 또한 획일주의와 흑백논리, 빨리빨리 문화 등도 중요한 원인으로 지목하고 있다.

막히면 단절되고, 단절되면 격리되고 고립될 수밖에 없다. 오늘날 많은 국민들이 외로움을 느끼며 고립감에 휩싸이고 있는 것은 결국 소통과 공감 부재에서 비롯된다. 가족 간이나 세대 간의 소통 부재는 물론 빈부 간, 계층 간, 지역이나 집단 간의 대화와 이해, 존중과 배려의 부족은 고립감과 단절을 더 크게 만들고 있다.

정보화와 첨단화, 속도의 증가만으로는 결코 단절과 불통이 해소되지 않는다. 실질적 공감이 교환되지 않는 형식적 소통은 소통이 아니라 또 다른 형태의 단절이며 불신이다. 이러한 단절 속에서 정이 생겨날 수도 없고, 정 없는 세상이 따뜻할 리도, 행복할 리도 없다. 이제 남녀노소나 세대는 물론, 더 이상 위아래나 내 편, 네 편, 계층이나 지역 구분도 있어서는 안 된다. 모두가 동반자인 동시에 따뜻한 이웃이어야 한다. 이것만이 대화의 단절을 막아내고 고독과 외로움을 멈추게 한다.

"말이 너무 고파요"

설이나 추석 명절 연휴가 되면 많은 사람들이 고향을 찾아 가족들과 오붓한 시간을 보내지만, 연휴를 혼자 보낸 이들도 이제는 매우 많다. 이들 가운데는 특히 홀로 사는 1인 가구 노인들이 많은 수를 차지한다. 이들은 평소 혼자 사는 데 이력이 나 있지만, 특히 명절 연휴 때는 주변에 말할 상대가 없어서 참기 힘든 어려움을 겪는다. 이들은 "말이 고프다."고 하소연한다.

사람마다 평소 하는 말의 양이나 빈도는 각자의 인간관계 정도에 비례한다고 할 수 있다. 대인관계가 활발하고 네트워크가 다양한 사람들은 일상에서도 말수가 많을 수밖에 없다. 만나는 사람이 많다 보니 들어야 할 말도 많고, 자연히 해야 할 말도 많아지기 때문이다. 물론 전화통화도 누구보다 잦다.

그러나 인간관계나 사회적 네트워크가 거의 없는 사람들은 사적 영역에서의 말수도 상대적으로 적다. 하루 종일 걸려 오는 전화도 한 손으로 헤아릴 정도다. 이들이 1인 가구로 혼자 생활한다고 하면 그 상황은 안 봐도 충분히 예상이 간다. 이들은 심각한 '말 기근'과 '말의 배고픔'에 시달리게 된다.

　문제는 '말이 고플 수 있는' 1인 가구가 우리들 주변에 급속히 늘어나고 있다는 점이다. 행정안전부에 따르면 우리나라 전체 가구 중 1인 가구 수가 천만 가구를 넘어섰다. 전체 가구의 35% 정도나 된다. 이들 가운데는 60대 이상이 가장 많고, 20·30대가 그다음을 차지하고 있다. 혼자 사는 1인 가구라고 모두 말이 부족한 것은 아니지만, 혼자 생활하다 보면 자연히 말수가 줄어들게 되고 그것 때문에 주변과 대화의 단절감도 점점 크게 느껴질 수밖에 없다.

　말할 상대가 없어 말 부족 상태가 이어지다 보면 누구든 신체적, 정신적 건강에도 적신호가 나타나기도 한다. 대표적인 것이 우울한 감정에 빠지거나, 고립감이나 외로움에 빠져드는 것이다. 전문가들은 일시적인 우울한 감정은 누구나 한 번씩 접할 수도 있는 것이지만, 자주 그러한 감정에 빠져들게 되면 그것은 정신건강 차원의 문제가 될 수도 있다고 경고한다.

　이처럼 소통과 대화의 단절이 심화되면 영화 같은 일들이 현실이 될

지도 모른다. 영화 〈Her(그녀)〉의 주인공 테오도르는 아내와 별거한 뒤 외롭게 살아가다가 AI '사만다'를 만나 위안을 받고 새 삶을 찾는다. 심지어 자신의 마음을 잘 이해해 주는 사만다에게 사랑의 감정까지도 느끼게 된다.

AI 기술이 빠르게 발전하면서 관련 전문가들은 머잖아 사람처럼 '추론능력'과 '공감능력'까지 갖춘 AI 탄생도 기대하고 있다. 미래학자 레이 커즈와일은 오는 2029년이면 기술이 인간을 추월하기 시작하고, 2045년 전후가 되면 AI가 인간을 초월하는 특이점(Singularity)에 도달할 것으로 내다봤다.

AI를 비롯한 과학기술의 비약적 발전에도 불구하고 대화는 오히려 갈수록 줄어들어 풍요 속의 빈곤에 빠져드는 상황이다. 이러한 원인들은 가족단위가 소규모로 축소, 분화되어 가고 있고, 공동체 구성원들의 연대나 네트워크 역시 빠르게 개별화되고 해체되는 데서 찾을 수밖에 없다. 세대 구분 없이 '나 홀로 사는 삶'이 급속히 확산하면서 갈수록 대화는 오히려 줄어들고, 막히고, 끊어지는 추세여서 오늘날은 소통의 시대가 아니라 단절의 시대가 되고 있다.

혼자 산다는 이유로 인해 말이 고파져서는 안 된다. 혼자 사는 이의 말을 고프게 해서도 안 된다. 우리는 저마다 누군가의 가족이며 친구요 동료다. 잘 아는 사이이며 이웃이 아니던가. 오늘, 내일 누군가에게든 안부라도 묻자.

말 대신 문자로 말하기

어느 TV 프로그램에 소개된 갈등 부부는 수년 동안 서로 말을 하지 않고 살고 있었다. 이들은 결혼한 지 10여 년 정도밖에 안 되는 젊은 부부였지만, 무려 5년 동안이나 말 대신 문자를 주고받으며 살았다. 출근한 뒤는 물론, 퇴근하고 집안에서도 둘은 문자로만 모든 의사를 주고받으며 소통했다. 이유는 말다툼을 피하기 위해서였다. 결혼한 뒤부터 사사건건 말 때문에 자주 충돌이 빚어지자, 서로가 찾아낸 대안이 바로 '문자대화'였다는 것이다.

"남편과 싸울 일이 있으면 말이 아닌 문자로만 해요. 항상 우리를 지켜보는 비밀경호국 요원들 앞에서 부부 싸움을 할 수는 없기 때문이죠." 이것은 조 바이든 미국 대통령의 부인 질 바이든 박사가 한 언론과의 인터뷰에서 한 말이다. 질 바이든 박사는 "부부 싸움을 할 때는 문자로만 하며, 우리는 이를 펙스팅(fexting)이라고 부른다."고도 했다. 그녀가 말하는 '펙스팅'(fexting)은 신조어로 'fight'(싸우다)와 'texting'(문자교환)을 합친 말이다. 우리말로 하면 말다툼이 아니라 '문자다툼'인 셈이다. 이러한 신조어가 나올 정도면 문자로 다투기는 우리뿐 아니라 나라마다 이미 너무도 흔하고 잦다는 얘기가 된다.

만나는 것이 부담스럽고, 전화하기도 어색하거나 곤란할 때는 문자가 가장 편리한 수단이 된 지는 이미 오래다. 간단한 사실을 알리거나 물을 때도 문자만큼 손쉽고 편리한 것도 없다. 이렇다 보니 사람들은 말을 건네기보다는 문자나 이모티콘 하나 보내기를 훨씬 더 선호한다. 관계가 먼 사람뿐만 아니라 가족이나 가까운 친척, 친구들에게까지도 마찬가지다. 문자를 자주 하는 이들은 비대면이 익숙해져 말하기가 문자보다 몇 배로 더 힘들고 어색하다고 말한다.

사람들은 결국 격식보다는 편리를 따르기 마련이다. 언제부터인가는 편지나 서신을 전화가 대신하더니 어느 날부터는 또, 전화를 이메일이 대신하기 시작했다. 시간이 지나자, 만능처럼 여겨지던 메일도 서서히 뒷자리로 밀려나더니 그 자리를 문자가 발 빠르게 차지했다. 이제는 문자가 말을 대신하며, 심지어 사람과 사람 사이의 모든 대화의 자리까지 넘보는 상황이 되었다. 이런 추세로 가면 언젠가는 대화마저 사라질지도 모른다는 두려움마저 생길 정도다.

말은 부딪치면 그 순간에 바로 감정이 격앙되기도 해 언쟁으로 비화할 수도 있다. 말은 순간에 바로바로 나오는 것이기 때문에 때론 걸러내고 순화하는 기능이 제대로 작동하지 않을 수도 있다. 말의 치명적 위험이기도 하다. 문자는 그러한 위험이 훨씬 덜하다. 생각하면서 쓰고, 쓴 뒤에도 몇 번 읽으며 가다듬고 심사숙고할 수 있는 시간적, 마음적 여유가 있다. 때문에 금방 뱉어내는 말보다는 훨씬 실수의 위험을 줄일 수 있는 장점이 있다. 그러나 문자로는 사람의 표정이나 목소리, 분위기 같은 것을 전혀 알 수가 없기 때문에 서로 간에 오해가 생길 수도 있고, 진의가 제대로 전달되지 않을 수도 있다.

특히 말은 사라지지만 문자는 사라지지 않고 남는다. 그래서 혹시라도 상대방의 가슴에 상처를 주는 표현을 했다고 한다면 그것은 상황이 달라지거나, 시간이 지나도 없애거나 지울 수가 없다. 한때 보낸 문자가 두고두고 재발의 불씨가 될 수도 있다는 의미다. 문자의 장점인 동시에 위험이기도 하다.

결국 문자는 문자로서의 모습일 때 빛이 나고, 말은 말하는 자리에서 말할 때 완벽하다. 문자와 말은 서로 기능과 역할이 같은 부분도 있지만 엄연히 다른 존재다. 때문에 문자의 쓰임은 문자다운 곳이어야 하고, 말은 대화의 수단일 때 비로소 온전해진다. 온통 넘쳐나는 문자들, 대화를 잠식하는 문자를 경계한다.

"손님, 물과 반찬은 셀프데요!"

주말에 아는 분 두 분과 함께 셋이서 길을 가다가 출출해 어느 갈비탕 집에 들어섰다. 오후 1시를 훌쩍 넘긴 점심시간이어선지 식당에는 손님이 한 사람도 없었다. 종업원으로 보이는 두 젊은 여성이 TV 앞에 앉아 문을 열고 들어오는 우리를 쳐다봤다. 우린 식당 중앙에 자리를 잡고 갈비탕을 주문했다.

로봇이 움직이듯 종업원은 무표정하게 음식과 반찬을 가져왔다. 일행 중 한 사람이 "풋고추와 된장도 있으면 같이 좀 부탁합니다."라고 주문하자, "우리 식당엔 원래부터 그런 것은 안 나가는데요."라며 그릇들을 내려놓고 갔다. 종업원의 촉 바른 대답이 마음에 걸렸지만, 일행은 내색하지 않고 식사를 했다.

몇 분이 지나 식사 도중에 깍두기가 떨어져 "여기 깍두기가 모자라는데 좀 더 주세요."라고 소리쳤다. 종업원들은 TV 볼륨을 높여둔 채 무언가를 열심히 보고 있었다. 한 종업원이 앉은 채로 고개를 돌려 우리 쪽을 향하더니 "깍두기는 셀픈(self-service)데요."라며 한쪽으로 눈짓을 했다. 눈길을 따라가니 '반찬과 물은 셀프!'라고 써 붙여둔 빛바랜 문구가 반찬통들 위 벽에 붙어 있었다.

손님이 많아 종업원의 일손이 부족할 때는 손님들로서도 '셀프서비스'는 수긍이 간다. 그러나 텅 빈 식당에서 종업원이 앉아 TV를 보면서 손님에게 "셀프!"를 말하는 것은 뭔가 잘못되어도 많이 잘못됐다. 너무 불친절하고 얄밉게 보여 식당을 나오면서 한목소리로 "이 집에는 다시 오지 말자!"라고 했다.

어느 날은 같은 대학 학과 동창들끼리 오랜만에 식사를 하고 부근에 있는 카페로 가 차를 마셨다. 9시를 향해가는 시간인데 젊은 남자 종업원이 홀을 이리저리 다니며 시끄럽게 의자를 정리하는 등 부산을 떨기 시작했다. 일행은 도착한 지 10여 분밖에 되지 않았고, 차도 덜 마셨기 때문에 아랑곳하지 않고 이야기들을 이어갔다. 조금 지나자, 이번에는 그가 커다란 막대 걸레를 들고 일행 쪽으로 와 바로 옆 테이블 사이를 왔다갔다하며 걸레질을 했다.

"아직 차도 덜 마셨는데 손님들 바로 옆에서 이게 뭡니까!" 참다못해 일행 중 한 친구가 종업원에게 짜증을 냈다. 종업원은 듣는 둥 마는 둥 하면서 "저도 이제 퇴근을 해야 하지 않겠습니까!"하는 것이었다. 더 이상 할 말에 말문이 막혀버린 일행은 결국 서로 눈치를 보다가 자리에서 일어나 나왔다.

일부의 불친절을 성급하게 일반화한다는 지적을 받을 수도 있지만, 결코 그런 의도가 아니다. 친절한 업소들이 여전히 많다는 것도 안다. 문제는 최근 들어 곳곳에서 불친절과 함께 손님들이 제대로 대접을 받지 못한다는 불만이 이어지고 있다는 데 있다. 음식값은 하루가 멀다 하고 줄줄이 올리면서 오히려 손님들에겐 '셀프서비스'만 의무로 추가되었다는 볼멘소리도 많다.

코로나19 때부터 서비스업종을 중심으로 경영난 타개를 위해 종업원을 줄이고 영업시간을 단축한 것이 그 원인 중의 하나다. 불친절 관련 불만은 비단 식당이나 커피숍 같은 곳뿐만 아니라 공공기관은 물론 금융기관, 의료기관 등에서도 이어지고 있다. 신민영은 소설 《불친절의 법칙》에서 "세상이 내게 불친절한데 나라고 세상에게 친절할 필요는 없지."라는 말도 한다. 사회가 각박해지면서 친절에 대한 시선 자체가 달라진 건가 하는 의문이 들 정도다.

분명한 것은 불친절은 상대는 물론, 자신에게도 결국 상처가 되어 돌아올 뿐이다. 또, 불친절은 마치 나쁜 바이러스가 순식간에 주변으로 확산되듯, 금세 주변으로 번져나가는 특성도 있다. 가짜 뉴스가 진짜 뉴스보다 6배나 더 빨리 확산된다는 연구 결과처럼 불친절도 그것에 못지않다. 고환율, 고금리, 고물가 등으로 삶이 팍팍해지고 있다. 이대로 가면 불친절은 불을 보듯 더해질 수밖에 없다. 불친절 바이러스를 경계하는 경보라도 지금 내려야 하는 것인가?

"저한테 왜 반말하세요!"

친근한 관계나 동료 간에 편하게 하는 말투가 반말이다. 그러나 반말은 참 위험하다. 자칫 잘못 사용하면 폭탄이 되기도 한다. 얼마 전에는 대학교수로 있는 지인이 식당에서 반말 때문에 혼이 났다는 얘기를 들었다.

그는 동료들과 함께 식당을 찾아 점심을 먹다가 10대로 보이는 나이가 어린 여종업원이 마침 옆을 지나가고 있어 무심코 "여기! 물도 좀 갖다줘!"라고 했단다. 그랬더니 종업원이 다가와 정색을 하며 "아저씨! 저 알아요?"라고 하더란 것이다. 당황한 지인은 문제를 직감하고 바로 사과부터 하고는 부랴부랴 식사를 마치고 식당을 빠져나왔다고 했다.

반말에 대한 사회적 수용 태도 역시 예전과는 완전히 달라졌다. 나

이를 믿고 생각 없이 나이 어린 사람에게 반말을 하다간 그 자리에서 바로 무안을 당할 수도 있다. 자주 반말을 해오던 사이라도 어느 날 상대가 정색하며 "저한테 왜 반말하세요!"라고 문제를 삼으면 그때부터는 꼼짝 없이 당할 수밖에 없다. 어떤 말을 해도 해명이 될 수 없고, 결국 사과할 수밖에 없다.

지금까지 괜찮았는데 왜 갑자기 이러느냐고 항변하다간 제대로 된 대가를 치를 수도 있다. 직장이나 사무실에서 동료나 선후배, 상사와 부하 사이는 물론, 일상에서 알고 지내는 관계에서도 마찬가지다. 그동안 상대방이 반말을 문제 삼지 않아 다행히 그냥 지나갔을 뿐이지, 누구도 반말할 수 있는 권한도 없고, 누구도 반말에 자유로울 수 없다.

반말은 우리들에게 왜 이처럼 예민한 문제가 되는 것일까? 이유가 있다. 반말은 '친근한 관계나 동료 간에 편하게 하는 말투'이기도 하지만, '아랫사람에게 낮추어 하는 말투'로도 자주 쓰이기 때문이다. 이제 상대를 낮추어 하는 말투의 그런 반말은 어디에서도, 누구에게도 통할 수가 없다. 웬만한 관계가 아니라면 받아들여질 리도 없다.

문제는 아직도 반말의 위험성이나 심각성을 제대로 인식하지 못하고 예전에 하던 식으로 반말을 계속하는 사람들이 많다는 점이다. 반말을 자주 하는 사람들은 늘 하던 대로 반말을 무심코 하곤 하지만, 듣는 사람들은 이제 반말에 대해 훨씬 더 예민해졌다. 반말을 들으면 십중팔구는 '뭐지? 나를 얕보는 거야?' 하는 식으로 받아들인다.

　얕보거나 무시하는 식의 반말은 이제 바로 '인권'의 문제로 이어진다. 예상치 못한 엄청난 화를 불러올 수도 있다. 나이나 지위, 직책, 친소, 관행 등 어떤 것도 반말을 허용하는 이유가 될 수 없다. 반말의 허용범위는 각자의 사적 영역, 즉 가족과 친구, 동료, 절친 사이에서만 제한적으로 가능한 일이다. 이쯤 되면 결국 사회생활에서는 반말은 안 하는 것이 원칙이고, 안 하는 것이 현명하다.

　물론 반말의 매력과 힘도 무시할 수 없다. 연인이나 친구 사이에서는 반말이 오히려 더 정겹게 받아들여지고, 하나 되는 연결고리 역할도 한다. 그래서 터놓고 반말하는 사이가 되어야 비로소 긴밀한 사랑과 우정을 확인하게 된다. '형님', '동생' 하면서 형제처럼 지내는 절친 선후배 사이에서는 반말을 주고받아야 역시 훈훈한 정도 느끼게 되고 관계도 더 끈끈해진다. 이런 때의 반말은 더 없는 긍정 에너지와도 같은 것이고, 동시에 어떤 것과도 비교할 수 없는 따뜻한 사랑의 비밀병기가 되기도 한다.

　반말의 두 얼굴이 새삼스럽게 느껴지는 요즘이다.

말하기에
성공하는 사람들

좋은 듣기의 비결

대화 상대방의 듣는 태도에 관한 생각을 할 때면 생뚱맞을지 모르지만, 오래전에 북한의 최고 실세였던 장성택의 처형이 한 번씩 떠올려진다. 당시 북한 조선중앙통신이 보도한 처형 이유가 놀라웠다. 장성택이 김정은 위원장의 말에 "마지못해 건성 건성으로 박수를 치거나 왼새끼를 꼬면서 오만불손한 행동으로 대역죄를 지었다."는 것이었다.

'왼새끼를 꼰다'는 의미는 어떤 일을 반대로 하는 것을 나타낸다. 결국 김정은에게는 건성 건성으로 박수를 치며 자신에게 주목하지 않는 장성택의 태도가 후계자 승계 반대로 비춰졌을 수도 있다. 장성택은 김정은과 가까운 혈족 관계였지만, 태도 때문에 바로 사형이 집행됐다.

우리로서는 도저히 이해가 가지 않는 너무나 황당하고도 비현실적인 이야기다. 그러나 한 가지 분명한 것은 말할 때, 듣는 사람의 무성의하고 거슬리는 태도가 큰 화를 부를 수도 있다는 사실이다. 물론 북한처럼 그런 일이 있을 수는 없지만, 우리의 일상에서도 듣는 사람의 불량한 태도로 인해 상대방의 마음을 상하게 하여 여러 가지 예상치 못한 결과를 가져오는 경우는 얼마든지 있다.

일상의 대화에서 우리는 늘 말의 중요성에만 신경을 쓸 뿐, 말하는 태도나 듣는 태도에 대해서는 별로 신경을 쓰지 않는다. 대화는 화자(話者)와 청자(聽者)의 상황이 끊임없이 뒤바뀌는 과정이다. 물론 말하는 내용도 중요하지만, 대화에서는 말하는 사람과 듣는 사람의 태도가 대화 전반에 매우 중요하게 작용한다.

물론 말하는 사람의 태도가 듣는 사람의 태도에도 영향을 미치지만, 말하는 사람이 듣는 사람의 태도에 더 큰 영향을 받는다. 결국 어떻게 듣느냐에 따라 대화는 성공적일 수도 있고, 한순간에 그만 끝날 수도 있다.

상대가 말할 때 얼굴과 눈을 맞추는 것은 기본이고, 성의를 갖고 말을 받으며 적절히 맞장구도 쳐주곤 해야 대화가 꽃을 피우게 된다. 중요한 자리라면 메모를 하면서 듣는 것도 상대로부터 신뢰를 얻는다. 그런 대화 분위기가 형성될 때, 의견도 충분히 교환되고 공감도 비로소 생겨나며, 서로의 뜻이나 마음도 잘 알고 공유도 하게 된다.

반대로 대화의 어느 일방이 불쾌감을 느낄 정도로 불손한 태도를 취하거나, 눈도 맞추지 않은 채 말을 듣는 둥 마는 둥 한다면 누구와 어떤 대화가 되었든 그것은 오래 이어질 수가 없다. 상대의 말에 한마디 맞장구도 하지 않은 채 무표정으로 듣기만 하는 것도 마찬가지다. 대화는 주고받는 것이어서, 서로 주면 받는 것도 있어야 한다.

특히 요즘은 핸드폰이 대화를 가로막는 가장 큰 장애물이다. 말이 중단되었을 때를 보면 눈길은 모두 각자의 핸드폰에 가있다. 상대방이 말하는 중에 핸드폰을 만지거나 쳐다보는 것은 이제 예사다.

한 지인은 결혼한 아들이 손자 손녀들을 데리고 인사차 집을 찾아오곤 하는데, 집에 와 소파에 앉자마자 각자 핸드폰만 쳐다보고 있어, 어느 날은 결국 야단을 쳤다고 했다. 그는 "모두가 전화기만 쳐다보고 이럴 거면 이제는 집에 오지 마라!"라면서 혼을 냈다고 했다.

대화는 듣는 이의 무성의하고 산만한 태도에 예민하게 반응한다. 무성의한 반응이 지속되면 말이 계속 이어지지 않는다. 말하는 사람의 마음을 크게 언짢게 할 수도 있고, 그 이상이 될 수도 있다. 친구나 연인 사이는 그래도 지나갈 수 있지만, 중요한 비즈니스 상황이나 사회생활에서는 그 파장이 상상 이상으로 크게 닥쳐올 수도 있다.

성공적인 대화는 좋은 듣기에서 시작된다. 좋은 대화와 소통의 비결은 바로 상대의 얼굴을 보고 눈을 마주하며 잘 들어주는 것이다.

영화 〈카사블랑카〉에서 험프리 보가트가 잉그리드 버그만과 잔을 부딪치며 "당신의 눈동자에 건배!(Here's looking at you, kid!)"를 속삭일 때, 그 눈 맞춤 정도에는 결코 비길 수 없겠지만 그래도 이제는 상대방에게 자주 눈을 맞추며 그를 향해 더 가까이 귀를 기울여 보자. 그것만으로도 그는 이미 내 편이 되고 있음을 느끼게 될 것이다.

칭기즈칸의 경청

말 잘하는 법을 가르치고 배우는 곳은 많지만, 경청을 따로 가르치는 곳은 없다. 어떻게 하면 말을 조리 있게 하고 잘할 것인가에 대한 관심은 많지만, 말을 잘 듣는 방법에 대해서는 관심이 별로 없다.

이렇다 보니 일상의 대화에서도 말과 말이 씨름하듯, 서로 말을 많이 하려는 것 때문에 생기는 충돌이나 분란, 갈등이 많다. 잠시라도 상대방의 말을 들어주면 해결될 수 있는 문제도 서로가 말을 많이 함으로써 문제가 더 커진다. 어느 스님의 책 제목처럼 멈추면 보이는데 말을 잠시도 멈추지 않으니, 스스로 자신의 문제도 볼 수가 없다.

문맹으로 알려진 칭기즈칸도 일찍이 경청의 힘을 말했다. 그는 자신의 이름도 쓸 줄 모르는 문맹이었지만, "배운 게 없다고 탓하지 마라.

나는 내 이름도 쓸 줄 몰랐지만 남의 말에 귀 기울이면서 현명해지는 법을 배웠다. 지금의 나를 가르친 것은 바로 내 귀였다."고 했다.

그러나 우리의 현실은 어떤가. 말이 많아도 너무 많다. 듣기나 경청은 이름뿐이다. 특히 정치인들의 논쟁이나 말 많은 사람들의 토론을 보면 주어진 시간을 다 쓰면서까지 질문만 늘어놓고 답은 아예 들을 생각조차도 안 한다. 보는 이들이 답답해 오히려 숨이 넘어갈 지경이다.

물론 자신의 이름이나 얼굴 내기에만 오로지 몰두하는 정치인들이 다 보니 그럴 수도 있겠다 싶지만, 정도가 해도 너무 한다. 질문을 해놓고 상대방이 답변을 하려고 하면 그것마저도 잠시 틈도 주지 않고 말문을 막으며 또 말을 쏟아내니, 이것은 대화도 토론도, 아무것도 아니다.

토론도 그렇지만 일상의 대화도 말을 많이 한다고 해서 상대방이 설득되고, 주변에 대한 영향력이 커지는 것은 결코 아니다. 오히려 그 반대다. 말이 많을수록 허점이 많아지고, 자신의 의도나 인식의 한계만 드러날 뿐이다. 정작 본인은 상대방 마음 읽기가 점점 더 어려워지게 된다.

《성공하는 사람들의 7가지 습관》이란 책으로 유명한 스티븐 코비는, 경청에는 무시하기 단계에서부터 듣는 척하기, 선택적 듣기, 귀 기울여 듣기, 공감적 경청까지 다섯 단계가 있다고 했다. 건성 건성으로 듣는 단계는 듣는 척하는 것일 뿐, 옳은 듣기가 아니다. 귀 기울이며 공감하며 듣는 경청 단계가 되어야만 상대방이 말한 내용이나 의도를 정확히 파악할 수 있고, 나아가 상대방의 마음까지도 움직일 수 있다.

설득도 마찬가지다. 들어주기가 중심이 되어야 비로소 설득도 가능해진다. 설득의 기술에는 7을 듣고 3을 말하라는 7:3법칙이란 것도 있다. 말하기보다 듣기가 훨씬 더 힘 있고 영향력이 있다는 얘기다.

성공한 사람과 실패한 사람의 차이는 경청 능력에 있다고 할 정도로 경청은 대화에서 중요한 조건이다. 그래서 경청은 최고의 말하기라고도 한다. 잘 말하려면 결국 잘 들을 줄 알아야 한다는 말이다. 메리 케이 애쉬 회장은 "듣는 일이 중요하기 때문에 신은 우리에게 귀는 두 개, 입은 하나를 주신 것"이라며 경청을 강조하기도 했다.

혼자 말을 다 하는 사람과 그것을 묵묵히 경청하는 사람이 있다고 한다면 과연 누가 최후의 성공자가 될까? 물을 필요도 없다. 듣지 않는 자가 진다. 이청득심(以聽得心)이라는 말처럼, 남의 말에 귀 기울여 듣는 사람이 결국 상대의 마음도 얻는다. 징키스칸의 성공에는 용맹과 함께 경청의 소중한 귀가 뒷받침되었기 때문일 수도 있다. 경청이 힘이다.

이병철 회장의 목계(木鷄)

싸움닭도 훈련과 실전을 거듭하면 고수가 된다. 《장자》에 나오는 투계에 관한 우화를 보면 훈련에 맡겨진 투계는 처음에는 한두 번의 승리로 교만한 모습을 보인다. 낯선 싸움닭을 보면 금방이라도 달려들 듯 공격성과 조급함도 버리지 못한다. 힘은 강해 보이지만 아직 오만이 느껴지고, 승리와 패배에 대한 의미를 알기에는 여전히 부족하다.

그러나 계속해서 강도 높은 실전 훈련을 거듭하게 되면 교만과 조급함은 물론, 공격적인 눈초리도 점점 사라지고 비로소 닭은 침묵하고 진중해진다. 어떤 자극에도 표정이 없는 마치 나무 조각처럼 무표정한 모습으로 변하게 된다. 이런 모습을 보고 다른 닭들은 도망을 갈 정도다. 이것이 바로 투계 중 최고수를 뜻하는 '목계(木鷄)'의 단계다.

호암 이병철 삼성 회장은 아들 이건희 회장에게 그룹 경영을 물려주며 '경청(傾聽)'이라는 글과 함께 목계를 직접 전해주었다는 일화는 유명하다. 그룹 총수로서 말의 중요성과 함께 일희일비하지 않는 목계와 같은 고수가 되길 후계자에게 강조해서 전하고 싶었던 것으로 보인다.

그 영향 때문일까. 이건희 회장은 평소 무표정한 모습에다 말수가 적고, 주로 남의 말을 듣는 데 더 많은 시간을 보냈다고 한다.

무협지 속 무림의 세계에도 고수들은 말이 없고 목계를 닮았다. 외모는 평범하기 이를 데 없지만 과묵하고 행동은 언제나 민첩하다. 자신을 내세우거나, 자랑하는 교만이나 오만이 결코 없다. 남을 속이거나 비겁한 행동은 찾아볼 수 없고 정도와 원칙을 고수한다.

어떤 분야든 진정한 고수들은 이러한 공통점들이 있다. 그들은 산전수전을 다 겪었다고 할 정도로 모든 것을 경험하고 이겨냄으로써 그 경지까지 올랐다. 그래서 어떤 일을 마주하든 쉽게 흔들리거나, 당황하거나 두려워하는 법이 없다. 언제 봐도 변함이 없고 말수가 적다.

결국 말이 많다는 것은 내공 부족이다. 아직 경험이 부족하고 내용을 제대로 파악하지 못한다는 뜻도 된다. 쉽게 들뜨고 흥분에 휩싸이기도 한다. 이런 경우에 흔히 서울에 안 가 본 사람이 서울 가 본 사람을 이기기도 한다. 고수들은 웃고 있지만 하수들은 그를 알아보지도 못한다. 하룻강아지 범 무서운 줄 모르듯, 온갖 교만과 오만을 떤다.

공자도 '군자는 눌언(訥言)'이라고 하여 말이 어눌하다고 했다. 말 더 듬거릴 눌(訥) 자가 '말씀 언(言)'과 '안 내(內)' 자로 이뤄져 있듯, 군자는 말을 더듬거릴 정도로 꼭 필요한 말만 하고 불필요한 말은 입안에 둔다는 의미다. 말을 못 하는 것이 아니라 말수가 적은 것이다.

말이 많으면 말의 내용 또한 부실할 수밖에 없다. 그러다 보면 결국 약점이나 부족함도 드러나고 결국 바닥을 보이게 된다. 때문에 고수들은 늘 남의 말을 듣는 편이다. 지자불언(知者不言)이라고 하지 않던가. 자기를 내세우고 자랑하느라 말수가 많은 사람, 자기만 중요하고 남의 일에는 별로 관심이 없는 사람을 마주했다면 그의 말은 더 이상 들을 것도 없다. 그는 이미 하수이기 때문이다.

삼성 이건희 회장이 세상을 떠나면서 가족들이 국보와 보물급 등 소장 미술품 2만 3천여 점을 나라에 기증했다. 이 중에서 엄선한 작품들을 모아 서울과 대구 등지에서 '이건희 컬렉션' 특별전을 열기도 했다. 가족에 따르면 국보와 보물급 미술품의 기증은 평소 이건희 회장의 말이었다고 한다. 목계를 닮아서일까, 평소 말수가 무척 적었던 이건희 회장의 말이 그 순간은 웅변처럼 들리는 듯했다.

고수들의 말은 역시 짧다. 그러나 그 울림은 크고 우렁차다. 목계를 통해 고수들의 말을 다시 한번 음미하게 된다.

'라손 하라(Lashon hara)'

히브리어로 '라손 하라(Lashon hara)'라는 말이 있다. '나쁜 혀'라는 뜻의 이 말은 다른 사람에 대한 험담을 의미한다. 비록 사실이라고 하더라도 상대방을 깎아내릴 수 있는 모든 부정적인 말들은 험담으로 규정한다. 은근히 남의 명예에 손상을 주는 것(Avak Lashon hara)까지도 험담에 포함해, 유대인들은 '라손 하라'를 엄격히 금지하고 있다.

유대 법에서는 대화 상대방이 결혼문제 등 중요한 일로 다른 사람에 관한 정보를 꼭 알아야 할 때 외에는 다른 사람에 관한 부정적인 말을 허용하지 않는다. 심지어 특정인의 이름이 거론되었을 때 인상을 찌푸리거나, 고개를 흔들거나, 입을 삐죽거리는 등 부정적인 속내를 내비치는 것까지도 험담에 포함하고 있다. 그뿐 아니라 평소 특정인을 싫어하는 사람들이 여럿 모인 자리에서 은근슬쩍 그의 이름을 거론해 험담이 나오게 하는 것 역시 험담 이상으로 큰 죄로 여긴다.

우리는 흔히 다른 사람에 관한 말을 할 때, 거짓이거나 꾸며낸 말이 아니면 험담은 아니라고 여기는 경향이 있다. 누가 부도가 났느니, 친구의 나이 든 어머니가 불치병에 걸렸다느니, 아이가 셋이나 되는 지인이 결국 이혼을 했다느니 하는 말들이 바로 그런 것들이다. 자리에 없던 당사자가 나중에 그 말을 전해 들었을 때, 마음이 상하고 기분이 언짢을 이야기라면 사실이라고 해도 그것은 험담이다. 때문에 당사자가 없는 자리에서는 해서는 안 될 말이고 삼가야 될 말들이다.

유대인들이 험담을 엄격하게 금지하고 있는 것은 험담이 공동체의 안정과 평화를 위협하는 가장 위험하고도 두려운 것으로 보기 때문이다. 험담은 마치 치명적인 전염병이나 댐의 구멍처럼 모든 것을 한꺼번에 무너뜨릴 수도 있다고 본다. 그래서 아무리 맞는 말이라고 하더라도 다른 사람에 관한 부정적인 말들은 '라손 하라'로 금지한다.

유대인 속담에 살인은 한 사람을 죽이지만, 험담은 세 사람을 죽인다고 했다. 첫 번째는 험담을 퍼트리는 사람이고, 두 번째는 그것을 반대하지 않고 듣는 사람, 마지막으로는 그 험담의 대상이 되는 사람이라고 했다. 프란치스코 교황은 험담을 "악마"라고 하면서 "남을 험담할 때 악마는 찾아온다."고도 했다.

직장이나 사무실, 단체 등 공동체에서 험담들이 서로 잦아진다고 가

정해 보자. 결과는 볼 필요도 없다. 얼마 안 가 심각한 갈등과 어려움에 휩싸이고 말 것이다. 이렇듯 험담은 공동체의 적이요, 총칼보다도 무섭고 위험한 존재다. 그렇지만 너나없이 험담에 자유로운 사람은 아무도 없다. 언제든지 험담에 가세하는 사람이 될 수도 있고, 그 대상자가 될 수도 있기 때문이다.

특히 온라인 미디어와 SNS 이용이 폭증하면서 요즘 댓글들은 칭찬이나 격려보다는 온갖 비난과 험담들이 넘쳐나는 모습이다. 전대미문의 코로나19를 겪어오면서 우리는 은연중에 서로 대면해 이해하고 설득하기보다는 오히려 개별적이 되고 고립되면서 주변에 예민하게 반응하는 경향들이 더해져만 가는 모습들이다. 결국 비판하고, 지적하고, 나아가 험담과 냉소만 늘어가는 형국이 되고 있다.

과연 비방과 험담들이 사라지는 세상은 불가능한 것인가. 주변 사람에 대한 이해와 사랑을 통해 개인이나 사회의 신뢰를 다시 높여가는 수밖에 없다. 결국 모두가 스스로 험담 없는 세상을 향해 장벽을 넘어서야만 한다. 각자의 몫이다.

"당신이 마음의 상처를 빨리 받게 하려면 적이 되는 사람과 친구만 있으면 된다. 즉, 당신을 깎아내리고 비방하는 적과 그 비방을 전해주는 친구만 있으면 되는 것이다." 마크 트웨인이 했던 험담에 관한 뼈 있는 한마디가 가슴에 화살처럼 꽂힌다.

애드리브가 진짜 실력이다

예상치 못한 상황을 갑자기 마주했을 때도 당황하지 않고 즉흥으로 말을 이어가며 잘 대처해 나가는 힘이 애드리브의 능력이다.

'하고 싶은 대로'라는 의미의 라틴어 'Adlibitum'에서 나온 애드리브(ad lib)는 원래 연극이나 방송에서 출연자가 대본에 없는 대사를 즉흥적으로 하거나 그런 대사를 뜻한다. 재즈에서 연주자가 일정한 코드 진행과 테마에 따라 즉흥적으로 행하는 연주를 의미하기도 한다. 이런 의미의 애드리브가 이제는 대화에서도 폭넓게 활용된다.

어떤 상황이든 말을 능수능란하게 잘하는 사람을 보고 "저분은 애드리브가 아주 강해!"라고 하거나 "나는 애드리브를 못 해서 원고 없이는 한마디도 못 해!"라고 하기도 한다. 애드리브는 위기에서 모든 지혜를 동원해 빠른 판단으로 대안을 찾아 대처하는 임기응변과도 비슷하다.

임기응변이 가능하려면 그만한 힘과 능력을 늘 갖추고 있어야 하듯 애드리브도 그냥은 나오지 않는다.

결국 대본에 없는 애드리브는 그 사람의 진정한 실력이다. 예상에 없던 질문을 맞닥뜨렸을 때, 당황하지 않고 즉흥으로 대응하는 애드리브에서 그 사람의 평소 내공과 깊이와 크기, 무게감이 나타난다. 포장하지 않은 적나라한 모습들, 거기서 실력이 모습을 드러낸다.

상황을 일단 모면하고 보자는 식의 임시방편이나 둘러대기, 은근슬쩍 그 순간만을 넘기려는 변명이나 핑계와는 차원이 다르다. 정치인이나 단체장, 고위공직에 있는 사람들이 말 때문에 자주 곤욕을 치르는 것도 대부분은 준비된 연설이나 스피치 때문이 아니라 애드리브가 원인이다. 어떤 자리나 상황에서 즉흥적인 생각과 판단으로 한마디 한 것이 문제로 비화하고, 때론 설화로까지 커지고 만다.

이런 말들을 되돌아보면 기분이 너무 좋거나 나빠, 평소의 주의력이나 자제력을 놓친 경우에서 비롯되는 것이 많다. 아니면 너무 긴장하거나 갑작스러운 상황이어서 제대로 대처하지 못하고 생각나는 대로 내뱉는 말들이다.

결국 사람의 실제 모습이나 능력은 준비가 안 된 상황에서 나오는 애드리브에서 확연히 나타나고 차이가 난다. 실력의 차이는 예견된 상황이나, 평상시에는 숨겨져 있기 때문에 잘 보이지 않는다. 마치 농사가 모두 풍년일 때는 농사를 오래 지은 사람이나, 농부가 된 지 얼마 안된 사람이나 차이가 별로 나지 않는 것과 마찬가지다.

농부들의 실력 차는 갑자기 거센 비바람이 몰아치고, 긴 가뭄이나 장마가 닥쳐 농작물들이 위기를 맞았을 때 확연히 드러난다. 경험이 많은 농부는 수년 동안 축적된 노하우를 이때 총동원하며 실력을 마음껏 발휘해서 위기를 극복한다. 그러나 초보 농부는 어쩔 줄 몰라 하며 당황하다가 끝내 농사를 망치고 만다.

대통령이나 장관, 유명 정치인이나 인기스타 등 공인들의 '애드리브'가 자주 뉴스가 돼 언론에 오르내린다. 그들 중에는 애드리브를 통해 숨겨졌던 평소 밑천이 한순간에 적나라하게 드러나기도 한다. 그래서 어떤 유명인은 애드리브가 평소 큰'리스크'가 되기도 한다.

애드리브 때문에 곤욕을 치른 인사들 가운데는 언론에 불만을 표시하기도 한다. 사소한 말 한마디를 언론이 악의적으로 문제를 삼고, 문제를 만든다며 항의하기도 한다. 그러나 사람들은 오히려 애드리브를 듣고 싶어 하며 거기에 실체가 담겨 있다고도 믿는다. 준비된 긴 연설이나 자화자찬보다는 애드리브에 실체가 있으며, 짧고 간단해도 그 속에는 이미지처럼 오래오래 남는 것이 있다고 말한다.

어쩌면 요즘처럼 모든 것이 급변하는 디지털 시대에는 애드리브가

장광설보다 몇 배로 더 큰 힘을 발휘하는지도 모른다. 최적의 애드리브에 사람들은 크게 환호하며 마음을 주고 마음을 움직이기 때문이다.

강한 'Shorts'처럼 사람의 애드리브 능력에 더 주목하게 된다.

짧고 간단한 직설 화법

2030 세대, 이른바 'MZ세대'의 화법에 관심이 집중되고 있다. 이들의 화법은 기존의 일반적인 화법과는 분명히 차이가 난다. 광고나 마케팅 분야는 물론, 각종 선거를 치르는 정치권에서도 이들의 화법을 따라 하기에 분주하다.

MZ세대의 화법은 한마디로 짧고 건조하며 매우 직설적이라는 특징이 있다. 설명이나 해석, 군더더기가 없다. 남의 시선을 별로 의식하지 않으며, 자신의 생각이나 가치관들을 명확하게 표시하고 전달한다.

즉시성을 기반으로 하고 있기 때문에, 의사전달이나 반응이 즉각적이고 신속하다. 언제 어디서든 빠른 확산력과 전파력도 지닌다. 따라서 이들이 소통을 위해 가장 우선하고 중시하는 것도 역시 스피드다.

빠른 스피드를 위해서는 콘텐츠나 메시지의 내용이 짧아야 하고 간단해야만 한다. 형식도 최대한 심플해야 한다. 길고 장황하고, 어렵고 복잡한 것은 이들에게 적이나 다름없다. 속도가 늦어지기 때문이다.

그래서 메시지에는 꾸밈이나 포장 같은 것들이 거의 없다. 설명이나 논설은 생략되고, 이야기하고자 하는 뼈대와 핵심만 있다. 의미가 분명하고, 모양도 단순명료하다. 매우 직설적이고 직접적이다. 첨단 정보기술과 다양한 미디어 및 SNS 시대에 최적화된 모습처럼 보인다.

2030 세대의 화법의 특징은 여기에 그치지 않는다. 이들에게 메시지는 재미나 구체적인 관련성, 개별적 도움들이 동반되어야 한다. 일반적이고 추상적이거나 크고 두루뭉술한 것들에는 별 관심이 없다.

2030 세대들이 주목하는 메시지들을 보면 한편으론 너무 쉽고, 짧고 무미건조한 것 같기도 하지만, 역시 강한 울림과 힘이 느껴진다. 함축은 물론, 알게 모르게 상징이나 이미지들이 흐른다. 메시지의 디자인이나 형식, 심지어는 표현의 라임 하나까지 기발 함들이 있다. 그렇기 때문에 전달하고자 하는 의미가 더 분명하게 나타나는지도 모르겠다.

아카데미 여우조연상을 받았던 배우 윤여정이 한 회사 광고에 나와 대뜸 "니들 맘대로 사세요."라는 말을 던졌다. 도발적이기도 한 이 멘트는 MZ세대에게 폭발적 인기를 끌었다. 이러한 멘트에 2030 세대가 크게 공감한 것은 그들의 화법을 많이 닮은 때문이었다.

대선과 총선 등 여러 선거를 치르는 여야 정치권도 2030 세대의 마음을 잡기 위해 이러한 화법을 따라 하기에 바쁘다. 후보들이 짧은 멘트를 하면서 '쇼츠' 영상에 직접 출연해 지지를 호소하기도 한다. SNS에는 한 줄짜리 짧고 간단한 메시지도 자주 올린다.

지난 대선 때 윤석열 후보는 SNS에 아무런 덧붙인 설명도 없이 "여성가족부 폐지"라는 7자 일곱 자 공약을 올려 당시 큰 주목을 받았다. 이런 메시지가 '이대남'의 큰 호응을 얻는다는 평가에 따라 "병사 봉급월 200만 원", "주적은 북한"이란 게시글을 연달아 올렸던 기억이 지금도 생생하다. 2030 세대 화법 따라 하기였다.

급변하는 미디어 환경과 SNS 확산과 함께 2030 화법이 집중 부각되면서 기존의 여러 소통방식들도 큰 변화가 일고 있다. '쇼츠'의 대유행이 말해주는 것처럼, 모든 것이 짧고 간단해지고 있다. 이러한 변화는 앞으로 상상을 초월하는 정도까지 확대될 수 있다. 2030 화법에 주목하지 않을 수 없는 까닭이 바로 여기에 있다.

정확한 이름 불러주기의 힘

집주변을 산책할 때나 주말에 산과 들을 찾을 때마다 안도현의 시 〈애기똥풀〉과 〈무식한 놈〉이 자주 생각이 나서 정신을 바짝 차리게 된다. 마치 시인이 길옆에서 보고 있다가 하는 말 같아 움찔할 때도 있다.

'...해마다 어김없이 봄날 돌아올 때마다/ 그들은 내 얼굴 쳐다보았을 텐데요...// 애기똥풀도 모르는 것이 저기 걸어간다고/ 저런 것들이 인간의 마을에서 시를 쓴다고' (안도현의 시 〈애기똥풀〉)

애기똥풀은 주변에서 쉽게 볼 수 있는 야생초다. 줄기를 꺾으면 진노랑의 유액이 나오기 때문에 애기똥풀이라는 이름을 갖게 되었지만, 애기똥풀로 정확히 이름을 기억하는 사람은 많지 않다. 시인의 말처럼 이름을 몰라줘서 그동안 애기똥풀이 얼마나 서운했을까.

'쑥부쟁이와 구절초를/ 구별하지 못하는 너하고/ 이 들길 여태 걸어 왔다니// 나여, 나는 지금부터 너하고 절교(絶交)다!'(안도현의 시 〈무식한 놈〉)

혼자 버릇처럼 시구를 중얼거려 보기도 하고, 여러 야생 국화들을 떠올려 보지만 역시 구별이 쉽지 않다. 흔히 들국화라고 부르는 산과 들에 피는 야생국화는 쑥부쟁이, 구절초를 포함해 산국, 감국, 뇌향국, 개미취 등 모양에 따라 제각각의 이름이 따로 있다.

도토리나무 또는 꿀밤나무로 불리는 참나무도 마찬가지다. 모두 도토리가 달리고 크게는 모습도 비슷하지만 상수리나무, 굴참나무, 신갈나무, 떡갈나무, 갈참나무, 졸참나무 등으로 이름이 나누어진다.

또, 가을산을 아름답게 수놓는 단풍도 우리는 흔히 '단풍나무' 하나로 부르지만, 나무마다 이름이 있다. 단풍나무 외에도 신나무, 고로쇠나무, 당단풍, 섬단풍, 은단풍, 공작단풍, 설탕단풍 등이 그것이다.

하루하루 바쁘기만 한 우리는 그들의 이름을 따로 기억하지도 못하고, 제대로 불러주지도 못한 채 살아간다. 그저 편하게 야생화나, 들국화나 참나무, 단풍나무로만 부른다. 이름이 있으면서도 제 이름을 거의 들어보지 못한 나무들은 마치 옛날에 시집온 어머니들이 평생 이름을 잊은 채 '~댁', '~엄마'로만 불리며 산 것처럼 무명이 되기도 한다.

소설가 이외수는 수첩을 들고 다니며 늘 단어를 수집하고 기억한다고 했다. 그의 수첩을 보면 '머리'에 관한 단어만도 수십 개이고, '바람'의 이름과 관련된 낱말도 한 페이지를 빼곡 채울 정도다. 글을 잘 쓰려면 단어를 채집하는 일부터 열중하라며, 단어채집 노트를 만들어 보라고 권하기도 한다.

단어는 곧 어떤 것의 이름이며 개념이고 설명이자 상태다. 가만히 돌아보면 이름도 모르고 지내는 것들이 주변에도 너무나 많다. 이름과 호칭도 제대로 모르면서 그것을 알고 교감한다고 하는 것은 어불성설이다. 이름이라도 알아야 비로소 그것의 실제와 본체에 다가갈 수 있다. 진정한 대화나 소통도 그렇다. 교감이나 공감은 물론, 이해하고 아끼고 사랑하는 모든 것의 출발도 바로 거기부터다. 이름을 기억하고 호칭을 바르고 명확하게 불러주는 것에서부터 비로소 시작된다.

그러고 보면 대화나 설득, 공감에서 정확한 이름 부르기는 비밀의 문을 여는 열쇠인 동시에 상상 이상의 힘이다. 어떤 사물이나 상태는 물론, 개념에 있어서도 그것을 파악하고 이해하기 위해서는 그것의 정확하고 분명한 이름부터 부를 수 있어야 한다.

그래서 김춘수는 그의 시 〈꽃〉에서 '내가 그의 이름을 불러주기 전에는/ 그는 다만/ 하나의 몸짓에 지나지 않았다.// 내가 그의 이름을 불러주었을 때/ 그는 나에게로 와서/ 꽃이 되었다.../ 누가 나의 이름을 불러다오. / 그에게로 가서 나도/ 그의 꽃이 되고 싶다...'고 노래했는지도 모르겠다.

알을 깨듯
확증편향(確證偏向)도 깨라

자기 생각과 같거나 일치하는 정보만 받아들이고 다른 생각이나 정보는 못 본 체하거나 배척하는 심리를 확증편향(confirmation bias)이라고 한다. 이것은 다시 말해 듣고 싶은 것만 듣고 보고 싶은 것만 골라서 보는 심리이다. 게임이 어린 학생들의 학습능력을 향상하는 데 방해가 된다고 생각하는 학부모들은 그것을 증명하고 입증하는 정보나 근거들만 집중적으로 찾아내며 끼리끼리 공유한다. 다른 증거나 정보들은 있어도 외면하고 무시해 버린다.

이러한 경향이 심화되면 자신의 생각과 다른 정보나 증거들에 대해서는 어떻게든 비판하려고 하고 비방하기도 한다. 나아가 그러한 생각을 하는 사람들과는 선을 긋거나 편을 가르면서 심지어는 적대시하기도 한다.

선거 때마다 우리는 여야 간은 물론 정당 간, 지역 간 대립이나 경쟁이 첨예한 상황이다. 이 대립과 경쟁의 원인에는 확증편향도 큰 부분을 차지하고 있다. 서로 특정 정당이나 정치인에 대한 자신의 지지가 타당하다는 신념을 지켜내기 위해 저마다 유리한 정보와 뉴스들만 받아들인다. 그리고 그 정보나 소식들이 사실인지 여부는 따지지도 않고 자신의 생각에 부합하면 끼리끼리 퍼 나르기에 바쁘다. 이렇다 보니 생각이 다른 사람들 간의 장벽은 점점 커져만 가고 대립과 갈등은 증오심으로까지 심화되는 모습이다.

여기에다 포용과 이해, 배려가 부족한 사회분위기와 함께 갈수록 늘어나는 각종 미디어들의 악영향도 크다. 대중의 인기영합에 편승한 부정확한 정보 생산과 무분별한 유통으로 과장과 왜곡, 편파는 점점 더 심해지고 있다. 특히 시사정치 유튜브 채널은 확증편향을 더욱 부추기는 큰 요인의 하나로 지목되고 있다. 여야와 좌우, 진보와 보수로 양분된 유튜브들은 매일 같이 보고 싶은 것만 보고 듣고 싶은 것만 듣도록 온갖 소문이나 추측들까지 동원하며 왜곡과 과장, 부풀리기로 확증편향을 가속화하고 있다.

요즘 일상의 하나가 되고 있는 SNS상의 각종 단체 대화방들을 봐도 확증편향의 현주소를 노골적으로 볼 수가 있다. 우선 같은 생각으로 대화에 참여해야만 대화방의 일원이 될 수가 있다. 어쩌다 대화방에서 다수와 다른 정치적 소신이나 견해를 드러냈다간 한순간에 '공적'으로 몰리게 된다. 상대의 입장을 이해하려는 시도는 애초부터 없다. 곧바로 해명하며 사과나 용서를 구하지 않고서는 다수로부터 어떤 모욕과 봉변을 당할지 모른다. 때로는 뭇매를 맞고 '강퇴'를 당하기도 한다. 그래서 대화방의 모든 대화나 게시물들은 언제나 한편이며 하나의 색깔이고 같은 목소리들로만 가득하다.

이처럼 개인의 확증편향이 심화되고, 편향된 여러 개인이 집단을 이루면 집단도 확증편향에 빠지고 만다. 개인을 넘어 집단과 지역이 편향에 빠져들게 되면 그것은 심각한 위험인 동시에 위기이다. 오늘 우리의 모습이기도 하다.

이러한 상황에서 빠져나오기 위해서는 급선무가 저마다 자신을 객관화시키는 것이다. 역지사지(易地思之)도 필수다. 또, 자신의 잘못을 과감하게 시인하고, 있는 사실을 사실대로 받아들일 수 있는 이해와 용기도 필요하다. 이제 우리 모두가 알을 깨듯 확증편향을 깨고 넓은 광야로 나와야 할 때다.

에스키모의
분노조절 막대기

화를 한 번도 내지 않고 살아가는 사람이 있을까. 성인의 경지에 들면 모를까, 일상을 살아가는 생활인으로서는 불가능한 일이다. 다른 사람에게는 애써 화를 참아내는 사람도 자기 혼자 있을 때는 말로든, 행동이든 화풀이를 하는 게 사람이다. 화가 커진 것을 우리는 분노라고 말한다. 분노가 일어나는 이유는 수백, 수천 가지다. 상대방이 나를 분노케 할 수도 있고, 내가 상대방의 분노를 폭발시킬 수도 있다.

매일 쏟아지는 뉴스들을 보면 곳곳에 분노가 넘쳐난다는 느낌을 지울 수가 없다. 원인은 있겠지만 하나 같이 순간을 참지 못해 돌이킬 수 없는 극단적인 사건, 사고로 이어져 보는 이들을 안타깝게 한다. 교통단속을 당한 데 앙심을 품고 파출소에 차를 몰고 뛰어든 사람이 있는가 하면, 클랙슨을 울리며 앞지르기를 하려 했는데도 양보해 주지 않았다며 흉기를 휘두른 운전자도 있었다.

화를 내고 분노에 휩싸이기는 쉽다. 그러나 분노를 드러낸 데 대한 대가는 대부분 크고 엄중하다. 당장 상황이 180도로 바뀌며 파국을 맞을 수도 있고, 평온했던 현재와 미래가 한순간에 절망적인 상황으로 뒤바뀌기도 한다. 그만큼 분노의 결과는 깊은 상처와 후유증을 남긴다. 드러내기는 쉽지만, 한 번이라도 드러내 보이면 수습이 그만큼 어렵고 힘든 것이 바로 분노이다.

김정운은 책 《노는 만큼 성공한다》에서 분노 조절과 관련해 '에스키모 막대기'를 소개한다. 에스키모는 자기 내부의 슬픔과 걱정은 물론, 분노가 밀려올 때면 무작정 걷는다고 한다. 분노가 풀릴 때까지 하염없이 걷다가 마음의 평안이 찾아오면 그때 되돌아선다고 한다.

그리고 돌아서는 그 지점에 막대기를 꽂아 둔다. 살다가 또 화가 나면 마음이 풀릴 때까지 어쩔 줄 모르고 또 걷기 시작한다. 그때 이전에 꽂아 둔 막대기를 다시 발견한다면 요즘 살기가 더 어려워졌다고 뜻이 되고, 그 막대기를 볼 수 없다면 그래도 견딜 만하다는 뜻이 된다는 것이다.

분노는 마치 소나기를 몰고 오는 먹구름 같고, 금방 몰려왔다가 바람에 사라지는 짙은 안개와도 같다. 시간이 조금만 지나면 언제 그랬나 싶을 정도로 상황이 달라지기 때문이다. 그래서 분노의 천적은 바로 시간이다. 화가 치밀 때, 시간을 벌기 위해 어디론가 무작정 걷고 거기에 막대기를 꽂아 두는 에스키모들의 지혜가 돋보인다.

우리는 어릴 때부터 분노를 조절하고 관리하는 방법을 배우기보다는 인내만 강요당한 듯하다. 그래서 분노 조절에 서툴고, 심지어 분노 조절장애를 앓고 있는 사람들도 많다. 이로 인해 일어나는 각종 사건, 사고들 역시 부지기수다.

분노의 말은 대부분 거칠고 공격적인 막말이다. 막말은 또 다른 막말로 이어지고, 분란을 더 큰 분란으로 키울 뿐이다. 마치 기름을 안고 불에 뛰어들거나, 깊은 수렁에서 격한 몸부림을 치는 격이다.

틱낫한 스님은 "집에 불이 나면 먼저 집으로 돌아가 불을 꺼야지, 방화범을 추격해서는 안 된다."라고 했다. 막말에 더 심한 막말로 불을 더 키울 것이 아니라 먼저 자신의 몸에서 일어난 불길부터 찬물을 끼얹고 봐야 한다.

단 몇 초라도 말을 멈추고 시간을 벌어야 한다. 상대가 무슨 소리를 하든 스스로 말문을 닫는 단 몇 초의 침묵과 시간의 지체가 위기를 넘기는 비결이다. "지체해서 이득이 될 것은 아무것도 없다. 그러나 분노는 그렇지 않다."는 라틴속담의 뜻도 마찬가지다.

사람마다 분노의 계기판은 다르다. 반응이 다소 늦은 사람이 있는 반면에 불같이 반응하는 사람도 있다. 분노만큼은 느릴수록 좋다. 어떤 분노든 분노는 자신이나 주변 모두에게 치명상이기 때문이다. 이제 분노가 치밀 때 차라리 말문을 닫고 에스키모처럼 막대기를 꽂으러 무작정 걷는 것도 좋겠다.

힘이 되어주는 한마디

    강한 의지로 아픔을 이겨내며 포기와 좌절을 딛고 일어서는 사람들의 말은 짧은 한마디도 큰 울림이 된다. 가슴을 뭉클하게 하는 이들의 말은 의욕을 잃어가는 사람들에게 산소를 불어넣듯, 생기를 주기도 하고 힘을 준다. 때론 두 주먹을 불끈 쥐게 하는 용기와 끈끈한 연대, 사랑을 느끼게도 해준다.

    한때 안와골절 부상으로 마스크를 쓰고 경기장을 누비던 손흥민 선수의 말은 지금도 여전히 가슴을 친다. 부상으로 수술대에 올라 국민적 안타까움을 주었던 그는 당시 결코 좌절하지 않고 "단 1%의 가능성만 있다면 앞만 보고 달려가겠다."며 마스크를 쓰고서도 끝까지 뛰겠다는 꺾이지 않는 의지를 불태웠다. 그는 국민들이 코로나19로 긴 시간을 마스크를 쓰고 이겨낸 것을 생각하면 "월드컵 경기에서 쓰게 될 저의 마스크는 아무것도 아니다."라는 말도 덧붙였다.

경북 봉화군 아연 광산 갱도 붕괴 사고로 지하 190m에 고립됐다가 9일 만에 구조된 두 광부의 말도 귓전을 울렸다. 사고 현장에서 극적으로 구조된 박모(56) 씨는 언론 인터뷰에서 "매몰되는 순간 칠흑 같은 어둠에 대한 공포와 두려움에 팔다리가 얼어붙을 정도로 충격을 받았다."라고 했다. 그러나 곧바로 정신으로 차리고 살아야겠다는 절박한 마음으로 두 사람이 괭이로 쌓인 돌멩이와 토사를 3일간 치우며 "끝까지 살아야겠다고 버티니 살아지더라."라고 했다.

결코 좌절하거나 포기하지 않고 자신을 이겨내는 크고 작은 우리 '영웅'들의 말에는 강한 인내와 열정이 가득 느껴진다. 아무리 어렵고 힘들고 앞이 보이지 않는 험난한 경우라도 이들은 포기하는 법이 없다. 비록 중단하거나 연기할 수는 있을지언정 결코 좌절하지도 않는다. 중단이나 연기는 일말의 가능성과 희망도 있지만, 포기하면 모든 것이 끝나버리기 때문이다.

이들은 실패보다 더 두렵고 더 부끄러운 것은 포기와 좌절이라는 것을 누구보다도 잘 안다. 끝날 때까지 끝난 게 아니란 것 역시 가슴에 새기고 산다. 그래서 이들은 하나 같이 아픔과 어려움, 고난에서 결코 머물러 있지 않는다. 항상 스스로 새로운 길을 찾고, 크고 작은 가능성과 희망도 만들어간다. 창의성과 추진력을 더한 창추력(創推力)도 마음껏 발휘해 나간다. 이 모든 것들은 이들의 인내와 뜨거운 열정에서 비롯됨은 두말할 나위도 없다.

때문에 역경을 이겨낸 이들이 하는 말은 언제나 감동을 넘어 큰 힘이 되어 퍼져나간다. 아픔과 시련을 마주한 이들에게 용기와 희망을 주고 또 다른 자신을 향해 나아가게도 한다. 이들의 한마디가 큰 울림이 되고 힘이 되는 이유다.

방송이나 신문마다 고물가, 고금리, 경기둔화로 인한 어려움과 위험을 전하는 소식들로 넘쳐난다. 정치권 뉴스들은 더하다. 국민들은 안중에 없고 마치 서로가 치킨게임이라도 하듯 치열한 진영 대결과 공방으로만 치닫고 있어 국민들의 탄식 소리가 높아만 간다.

답답함과 우울감에 빠져들 수도 있는 이때 가슴 뭉클한 '영웅'들의 한마디 한마디에 대한 기억은 극심한 가뭄에 단비처럼 생기를 찾게도 해준다. 그들의 강인한 인내와 식지 않는 열정에 힘 입어 일상에 지친 모든 이들은 다시 한번 희망으로 향하게 된다. "우리 인생의 가장 큰 영광은 결코 넘어지지 않는 데 있는 것이 아니라 넘어질 때마다 일어서는 데 있다."는 넬슨 만델라의 말이 힘을 더해준다.

'천 냥 빚'도 갚는 좋은 말

　'말 한마디로 천 냥 빚을 갚는다.'는 속담을 흔히 쓰지만 '천 냥'의 가치가 어느 정도인지 아는 사람은 많지 않다. 속담의 의미로 봐서는 '천 냥'이 큰돈임은 분명해 보인다. 갑자기 호기심이 발동해 찾아보니 여기에 궁금증을 갖는 사람들도 의외로 많았다.

　어떤 이들은 18세기 조선과 오늘의 쌀값을 기준으로 1냥은 지금의 5만 원에서 7~8만 원 정도로 추산했다. 또 다른 쪽에서는 조선시대와 지금은 쌀 생산과 소비가 완전히 다른 구조를 하고 있기 때문에, 쌀값으로 단순 비교하는 것은 비현실적이라고 반박한다. 이들은 당시의 여러 기록이나 사회적 통용 가치들을 추산해 보면 1냥은 오늘의 100만 원 정도로 보는 것이 더 타당하다는 주장을 하기도 한다.

그러나 이 주장은 과한 평가라는 느낌이 든다. 비록 시대는 많이 지났지만, 1955년 한복남이 발표한 인기가요 〈엽전 열 닷 냥〉에서'열 닷 냥'의 가치를 150만 원에서 300만 원 정도로 체감하는 이들이 많은 것을 봐서도 그렇다. 이와 같은 여러 가지를 감안해 보면 조선시대 후기 1냥은 지금의 7~10만 원 정도가 무난할 것 같다.

그렇다면 속담 속에서'말 한마디'로 갚는 빚은 단순 계산해도 오늘의 7~8천만 원에서 1억 원 정도에 이른다. 그 정도 금액은 지금도 거액이다. 말 한마디로 그 큰 빚을 단숨에 갚을 수 있다고 한다면 그것만으로도 말의 힘이야말로 실로 막강하다. 그런데 속담 속'천 냥 빚'은 그 이상의 의미다. 돈을 말하는 것이 아니라 살면서 닥치는 큰일이나 매우 어렵고 힘든 일들까지도 포함한다. 말 한마디는 그것까지도 모두 해결할 수 있는 큰 힘이 있음을 상징한다.

수년 전 대체의학을 연구한 한 일본인이 물을 향해 좋은 말을 하느냐, 나쁜 말을 하느냐에 따라 물의 결정체가 달라진다는 주장을 사진과 함께 제기해 많은 사람들의 관심을 끈 적이 있다. 과학적으로 입증되지는 않았지만, 좋은 말을 해준 물은 결정체가 현미경 사진에서 육각형으로 아름다운 모습을 하고 있었다. 그러나 '바보', '밉다' 등 나쁜 말에 지속적으로 노출된 물의 결정은 흉한 모습이었다.

또 어떤 이는 양파를 물컵에 담아 같은 실험을 했다. 결과는 역시 놀라웠다. 좋은 말에 노출한 양파는 순이 잘 자랐지만, 나쁜 말에 둘러싸인 양파는 새순의 자람이 절반에도 못 미쳤다. 역시 과학적으로 규명되지는 않았지만, 좋은 말이 나쁜 말보다 주변에 훨씬 더 긍정적 영향을 미치는 것은 분명해 보였다.

실제로 감사하고 칭찬하는 말에 화를 내거나 마음을 상하는 사람은 없다. 반대로 욕설이나 험담, 비아냥대는 소리를 듣고도 아무렇지 않게 미소를 띨 사람 역시 없다. 결국 이것은 매일 같이 주고받는 일상의 말에도 분명 기운과 파장이 존재한다는 증거라고 해도 될 것이다.

보이지도 않고 만질 수도 없는 소리에 불과하지만, 말의 힘은 강하고 세다. 말 한마디로 천 냥 빚을 갚듯이 실제로 말 한마디로 불가능했던 일이 가능해지기도 하고, 영원할 것만 같던 일이 바로 멈추거나 중단되기도 한다. 까마득한 절망에 빠졌던 사람이 기적같이 희망을 되찾기도 하고, 그 반대 상황으로 급전직하하는 경우도 다반사이다. 이토록 즉각적이고 강력한 힘이 말 외에 또 어디에 있었던가.

말은 생각이며, 생각은 마음이고, 마음은 그 사람의 기운과 에너지에 기반한다. 마음과 기운은 항상 불가분의 하나로 연동되어 있다. 결국 말을 주고받는다는 것은 기운을 주고받는 것이다. 좋은 말은 좋은 기운을 선물하는 것과도 같지만, 나쁜 말은 나쁜 기운과 파장을 상대방에게 내던지는 것이나 다름없다. 그 결과가 어떤지는 볼 필요도 없다.

말들이 점점 거칠어진다. 말이 험해지면 세상은 더 험악해진다. 좋은 말로 좋은 기운을 건네는 좋은 말 세상이 되길 간절히 소망한다.

'복 많이 받으라'는 말

  살아가면서 "복 많이 받으세요."란 말 만큼 많이 하고, 듣는 말도 많지 않은 듯하다. 새해를 맞거나 경사스러운 일이 있을 때, 저마다 복을 빈다. 세상에는 귀하고 좋은 것들도 많지만 복만 한 것은 없는 모양이다. 복은 우리의 삶과 가장 밀접한 곳에서 힘과 용기가 되어주기도 하고, 미래를 향한 기대와 희망이 되기도 한다. 그래서 누구나 복을 놓치지 않으려고 애를 쓰고, 더 많은 복을 받기 위해 복을 짓기도 한다.

  복은 종류도 많고 저마다 생각하고 느끼는 의미도 다양하다. 예로부터는 서경(書經)의 삼복(三福)과 오복(五福)을 최고로 꼽았다. 이른바 삼복은 연명장수(延命長壽)와 부귀영화, 평강안녕(平康安寧)이다. 부와 건강, 장수를 누리며 한평생 편안하게 보내는 복을 말한다. 이보다 더한 복이 과연 어디에 또 있을까 싶다.

삼복과 함께 오복(五福)은 수(壽), 부(富), 강녕(康寧), 유호덕(攸好德), 고종명(考終命)이다. 삼복보다 두 가지 종류의 구체적인 복이 더 있다. 다섯 가지 복 중에서 첫 번째는 역시 천수를 다하는 장수가 꼽힌다. 오래 산다는 것은 누구에게나 더 없는 큰 복이다. 부유함과 풍족함, 그리고 건강과 안녕도 복 중의 복으로 쳤다. 일생 동안 넉넉함과 풍요로움 속에 강녕한 삶의 영위는 두말이 필요 없는 대단한 복이다.

여기에다 유호덕은 이웃이나 다른 사람들을 위해 좋은 일을 한다든지, 여러 가지 덕을 베푸는 것이다. 건강과 여유가 있어 주변에 다양한 도움을 줄 수 있다면 그 이상의 복이 또 어디에 있겠는가. 그런 다음 말년에는 자기 집안에서 편안하게 생을 다하는 복이 바로 고종명이다.

민간에서는 이와 같은 오복 중에서 유호덕과 고종명 대신에 귀(貴)와 자손중다(子孫衆多)를 넣었다. 일반에게는 자신이 귀하게 되는 것이 복이고, 자손이 많은 것이 더 소중한 것으로 인식되었기 때문이다. 이렇듯 건강과 장수, 부와 함께 다복한 가정을 이루는 것은 예로부터 누구나 바라는 복이었다. 오늘날에 와서도 우리는 역시 이러한 복들을 바라며 하루하루 열심히 살아간다고 해도 과언이 아니다.

그러나 복은 결코 쉽게 채워지지 않는다. 특히 수명이나 건강은 원한다고 뜻대로 되지도 않는다. 물론 주변에는 '복이 넘치는 사람'이라는 말을 듣는 이들도 있지만, 자세히 알고 보면 그들에게도 역시 부족하고 모자라는 부분들이 한두 가지가 아니다.

복은 많을수록 좋겠지만, 세상일이란 그렇게 되지는 않는다. 좋은 일이 있으면 힘들고 어려운 일도 따라오기 마련이다. 말하고 생각하기는 쉽지만, 그것을 실제로 이뤄내고 얻기란 쉽지 않다. 100세 시대를 말하며 건강과 장수를 쉽게 생각하지만, 병마에 시달리며 고통을 당하는 이들이 수없이 많은 것만 봐도 그렇다. 삼복과 오복이 아니라 그중에 한두 가지만이라도 잘 채워지면 그야말로 복 많은 사람이 아니겠는가.

진정한 복은 변함없는 일상의 평화와 안녕이다. 또 주변과 늘 함께할 수 있는 신뢰와 존중과 사랑과 감사함이다. 부와 명예는 없이도 살아갈 수 있지만 건강과 믿음, 사랑 없이는 살 수가 없기 때문이다.

복은 웃는 사람, 감사하고 만족하는 사람부터 찾아온다고 했다. 묵묵히 좋은 일들을 찾아서 하는 사람을 먼저 알아보고 마주한다고도 했다. 노생지몽(盧生之夢)과 한단지몽(邯鄲之夢)이 '소확행'과 지족상락(知足常樂)을 흔들어 깨우듯, 복은 늘 가장 가까운 곳, 낮은 곳에 있다고들 한다. 복은 또, 가장 작고도 소박한 일상에서부터 나온다고도 말한다. 그래서 복이 다시 말한다. 복은 바라는 것이 아니라 짓는 것이라고.

4장

말하기에는
원칙이 있다

메라비언 법칙의 시사

　사람들은 상대방에 대한 호감도를 결정할 때, 상대의 이야기보다는 그의 음성이나 모습을 훨씬 더 중요시한다는 것이 메라비언(The Law of Mehrabian)의 법칙이다. 이 법칙의 골자는 소통에서 사람들은 상대방이 말하는 내용보다는 목소리나 외모 등 이미지에 절대적으로 영향을 받는다는 것이다.

　즉, 상대방의 태도나 외모는 55%, 목소리는 38%나 영향을 미치는 반면, 말하는 내용은 7%밖에 영향을 미치지 못한다는 것이다. 결국 소통에서 언어(Word)보다는 비언어적인 청각(Audio)과 시각(Visual)이 93%를 차지할 정도로 절대적인 영향을 미친다는 것이 메라비언 법칙의 주된 내용이다.

그러고 보면 흔히 말하는 "첫눈에 반했다."는 말도 메라비언의 법칙을 닮았다. 맞선을 보러 가거나 이성 친구를 소개받았을 때, 말을 걸어보지 않아도 불과 몇 초 만에 바로 호감 여부를 판단할 수 있기 때문이다. 상대방의 인상을 결정하는 데는 그의 이미지가 결정적인 영향을 미쳤다는 의미다.

여러 종류의 면접에서도 마찬가지다. 면접관들의 이야기를 들어보면 면접실로 들어오는 사람의 첫 이미지, 즉 외모와 걸음걸이, 표정, 앉는 자세만 봐도 될 사람인지 아닌지 어느 정도는 알 수 있다는 것이다. 여기에다 한두 마디 목소리만 더 들어보면 당락이 거의 결정된다고 말한다. 결국 면접에서도 목소리와 이미지가 실제로 당락에 절대적인 영향을 미치고 있다는 말이다.

목소리에 자신이 없는 사람들 가운데는 '목소리는 타고나는 것인데 후천적으로 어쩔 수 없는 것 아니냐.'는 지적도 한다. 그러나 목소리도 관리하면 얼마든지 바꿀 수 있다. 물론 사람마다 타고난 음색을 바꾸는 데는 한계가 있지만, 목소리는 발성과 발음, 호흡 등으로 구성되기 때문에 이들에 대한 꾸준한 연습을 통해 얼마든지 새롭게 고치고 다듬을 수 있다. 특히 말의 나쁜 습관이나 버릇들을 고치고, 교양 있는 표현과 표준말을 구사해 가면 목소리 약점들을 얼마든지 보완하고, 새로운 목소리 이미지도 만들 수 있다.

커뮤니케이션에서 목소리 이상으로 중요한 것은 바로 표정과 태도

등 이미지다. 즉, 시각적인 부분(Visual)으로 비언어 커뮤니케이션을 말한다. 비언어는 표정과 말투, 태도, 자세, 걸음걸이, 복장, 시선 등 말을 제외한 모든 것을 가리킨다. 우리는 스스로 잘 인식하지 못하고 있을 뿐, 저마다의 여러 가지 모습과 표정, 태도, 제스처 등 비언어를 구사하며 의사소통을 한다.

상대방의 눈을 맞추며 귀를 기울이고 공감을 표시하는 경청도 비언어의 중요한 부분을 차지한다. 늘 미소 띤 얼굴을 하거나 반듯한 걸음걸이와 자세를 유지하는 것, 품격을 갖추는 것 역시 강력한 보디랭귀지(body language)이다. 이러한 외모와 겉모습들도 소통에서 엄청난 영향을 미치게 된다.

예를 들어, 고마움과 감사를 표시하거나 사과와 미안함을 표시하고 거절과 수용을 나타낼 때도 말의 내용과 표정, 목소리가 하나가 되지 않으면 형식적인 것이 되고 만다. 경우에 따라서는 오히려 상대방의 오해와 불만을 불러올 수도 있다. 소통과 교감은 말과 표정, 목소리가 일치할 때 진정성이 전달될 수 있고, '라포르(rapport)'도 비로소 형성될 수 있게 된다.

소통과 원활한 인간관계의 중요성이 어느 때보다도 강조되고 있는 요즘, 메라비언의 법칙은 또 하나의 중요한 시사점을 준다. 결국 좋은 소통과 교감, 이해와 설득을 이끌어내기 위해서는 말만 잘해서 되는 것이 아니라 비언어적 요소인 이미지와 목소리에도 신경을 쓰면서 임해야만 성공할 수가 있다.

나-전달법으로 말하기

남 탓도 자주 하면 버릇이 된다. 남 탓하기가 그만큼 쉽고 편하기 때문이다. 또, 남 탓은 한두 번 하게 되면 또 하게 되는 관성도 붙는다. 때문에 남 탓을 자주 하는 사람은 자신도 모르는 사이에 또 남 탓을 한다.

물론 남 탓도 일종의 보호본능에서 비롯된 것일 수도 있다. 누구든 어려움에 처하면 본능적으로 우선 그것에서 벗어나고자 하는 마음이 앞서게 되는 것도 인지상정이다. 때문에 문제의 원인이나 이유를 자신에게서 찾기보다는 주변이나 다른 사람에게서 찾고 싶은 마음이 흔히 앞서게 되는 것도 사실이다. 적반하장(賊反荷杖)이나 이단공단(以短攻短), 아시타비(我是他非)는 물론, '내로남불'이라는 말까지 회자되는 것도 바로 그런 이유 때문이다.

그렇다고 남 탓을 쉽게 하게 되면 인간관계는 곧 위기를 맞는다. 신뢰가 깨지고 소통은 더욱 어렵게 된다. 무슨 일이든 자신은 옳고 아무런 문제가 없는데 남은 늘 틀렸고 잘못되었다고 하면 그 말을 들어줄 사람은 없다.

결국 남 탓을 자주 하는 사람들은 소통방법에 문제가 있는 경우가 많다. 흔히 소통법의 하나로 자주 말하는 '나-전달법'(I-message)에 익숙하지 않기 때문이다. 특히 부정적인 일이나 문제가 발생했을 때는 '나'를 주어로 하지 않고 상대방을 주어로 하며 탓하기 쉽다. 이런 경우 대부분은 상대방을 자극하게 돼 오히려 화를 키우게 된다. 이것은 '너-전달법(YOU-message)'이다. "너 때문에~", "당신이~"로 시작하는 화법이다. 남 탓이 바로 그런 경우다.

나-전달법은 상대에게 '나'를 주어로 말하는 방식이다. 이 화법은 먼저 상대방과의 관계에서 생겨난 여러 가지 사실(fact)이나 경위를 정확히 말하고, 다음은 그것에 관한 자신의 솔직한 생각이나 감정, 느낌을 전달한다. 그러고는 자신과 상대방의 앞으로의 바람이나 기대, 희망을 표현하는 방식이다.

회사에서 어떤 간부가 직원이 하는 일이 마음에 들지 않는다고 "○○씨! 회사에 무슨 불만 있어요?", "김 대리, 부장 골탕 먹이려는 거야!"라고 말하는 식이 바로 '너-전달법'이다. 간부로부터 그런 말을 듣는 부하는 자신의 잘못이 있었다고 하더라도 반성하는 마음이 들기는커녕 오히려 화가 나고 반감만 더 커지게 된다. 대화 상대를 주어로 말하는 잘못된 화법 때문이다.

앞선 경우와 달리 간부가 직원에게 다음과 같이 말했다면 어떨까? "김 대리, 보고서에 세 가지 잘못된 부분이 있었어요. 내가 새로 손을 보느라 2시간 동안 정말 힘들고 짜증 났어요", "다음부터는 이런 실수가 정말 없었으면 좋겠어요. 가능하겠죠?" 직원의 마음은 이전과는 분명 다를 것이다.

집안에서 부모와 아이가 나누는 대화에서도 마찬가지다. 사춘기 아이가 아침밥을 먹다가 엄마 말에 짜증을 내며 방문을 닫고 들어갈 때도 나-전달법만이 효과를 발휘한다. 많은 부모들은 이런 경우 아이의 방문을 열어젖히며 "밥 먹다 말고 이게 무슨 짓이야! 밥 빨리 안 먹어!"라고 소리치고 싶을 것이다. 그러나 그런 화법으로는 아이의 마음을 결코 돌릴 수가 없다.

이런 경우도 나-전달법을 통해 "엄마는 네가 방문을 닫고 들어가니 무척 놀라고 당황했단다. 엄마는 화내는 너를 어떻게 대해야 할지 몰라 많이 답답했고 고민했다. 엄마는 아침마다 네가 기분 좋게 학교에 가게 해주고 싶어."라고 하면 아이도 마음이 달라질 것이다. '나-전달법'은 회사나 직장에서보다는 가족이나 사적 인간관계에서 훨씬 더 큰 힘을 발휘한다.

나-전달법의 핵심은 대화 상대방을 탓하고 비난하는 식이 아니라 상대방이 오히려 '나'를 도와주고 싶은 마음이 들게 하는 화법이다. 소통은 언어습관과 화법에 의해 좌우된다. 남 탓하기 쉽다고 남 탓만 하고 있으면 어느 순간 외톨이 신세가 되고 만다. 소통 또한 볼 것도 없이 실패다.

고수들의 말은
쉽고 간단하다

대기업에서 오랫동안 인사담당 임원을 지낸 지인의 사람 보는 기준이 남달라 몇 번 이야기를 나눈 적이 있다. 그는 면접을 볼 때, 솔직하게 쉬운 말로 답변하느냐의 여부를 가장 중요한 잣대로 삼고 사람을 평가했다고 한다. 쉬운 말로 답하는 사람을 택했을 때, 실패가 거의 없었다는 것이 그의 지론이다. '어렵게 말하는 사람은 내용을 잘 모르는 사람'이라는 말도 있고 보니 지인의 말도 전혀 근거가 없는 것도 아니다.

평소 쉬운 말보다는 어려운 말을 자주 하는 사람들을 보면 몇 가지 특징이 있다. 첫째는 역시 내용을 잘 모르기 때문에 어렵게 말한다는 것을 알 수 있다. 내용을 잘 아는 사람은 상대방이나 제3자에게 하는 말이나 설명을 매우 쉽게 한다. 금방 이해가 되도록 예도 적당한 것을 들고 비유도 쉽게 한다. 그러나 내용을 제대로 모르는 사람은 상대는 물론, 심지어 자신도 이해가 잘 가지 않는 말을 한다.

어렵게 말하는 또 하나의 이유는 자신을 드러내 보이고 자랑하고 싶은 마음이 앞선 때문이다. 쉬운 말로 하면 자신을 알아주지 않거나 무시당할 수도 있다는 어리석은 마음에 어떻게든 어려운 말들을 섞어가며 돋보이려는 것이다. 어떤 자리에서든, 누구를 만나든 현학적으로 말하는 이들이 여기에 속한다.

마지막으로는 상대방에 대한 배려 부족, 아니면 무엇인가를 숨기고 감추고자 하는 마음 때문이다. 상대의 사정이나 입장을 고려하면 눈높이에 맞게 알아들을 수 있게 말해야 한다. 그런 배려가 없으면 어렵게 말한다. 또, 자신의 약점이나 열등감을 감추기 위해 의도적으로 어렵고 현학적으로 말하기도 한다. 독선적, 이중적 인격의 소유자들이 하는 어려운 말이 그런 경우이다.

결국 말을 어렵게 하는 사람은 차라리 모른다고 말하는 사람보다 더 모르거나, 독선적이거나 정직하지 못할 수도 있다. 이들은 흔히 '잘코사니'는 모르면서도 '샤덴프로이데(Schadenfreude)'를 말하며 상대방을 비웃기도 한다. '출근길 문답'이나 '회견'으로 바꿔 쓰면 누구나 쉽게 알 수 있는데도 굳이 '도어스테핑(doorstepping)'이라고 고집하는 이들도 같은 부류이다.

같은 말도 어떻게든 어렵게 말하려는 사람이 있는가 하면, 어려운 말을 누구나 알아듣기 쉽게 스스로 풀어서 말하는 사람도 있다. 쉬운 말로 말하는 사람이 진정 말 잘하는 사람이다. 쉬운 말로 말하는 사람은 복잡한 것도 핵심을 요약하고 단순화한다. 중언부언하지 않고 장황한 것도 맥락을 짚어 핵심을 쉽게 말한다. 결국 말의 내용과 맥락을 완전히 파악하고 있기 때문에 가능한 일이다.

쉬운 말을 하기 위해서는 부단한 노력이 뒤따라야만 한다. 누구보다도 방송 기자들에게는 쉬운 말로 쓰고 말하기가 무엇보다도 중요한 과제다. 그것 때문에 늘 스트레스를 받는다고 해도 과언이 아니다. 매일 매 순간 복잡한 개념이나 단어들을 쉽게 풀어 짧은 기사와 리포팅으로 바로 전달해야 하기 때문이다. 쏟아져 나오는 속보들을 12살 전후 초등학생들도 듣고 바로 이해할 수 있을 정도로 쉽게 쓰고 말한다는 것은 보통 어려운 일이 아니다. 그래서 방송 기자들은 쉬운 말하기의 어려움과 그 중요함을 누구보다도 잘 알고 있다.

아인슈타인(Albert Einstein)도 "간단하게 설명할 수 없다면 충분히 아는 것이 아니다."라고 했다. 결국 잘 모르면 어렵게 말하고 길어질 수밖에 없다. 누군가가 청중 앞에서 장황하게 열변을 늘어놓았는데도 공감하는 이들이 없다고 한다면 그것은 볼 것도 없이 내용을 충분히 모른 채 어렵게 말했기 때문이다.

고수들의 말을 보면 늘 쉽고도 간결하다. 짧은 말들이지만 그들의 말은 큰 울림과 함의가 있다. 세상일이 복잡해지는 것 이상으로 어려운 말들이 넘쳐나는 요즘이다. 모르면서도 잘 아는 체, 잘난 것도 없으면서도 잘난 체, 별로 도덕적이지도 않으면서 혼자 도덕적인 양 하는 이들이 너무 많아졌기 때문인지도 모르겠다.

단언(斷言)을 경계한다

딱 잘라서 하는 말이 단언(斷言)이다. 머뭇거리지 않고 딱 부러지게 하는 말이다. 보기에 시원시원하고 말하는 사람의 결의나 신념이 느껴지기도 한다. 이렇다 보니 가는 자리마다 단언을 쉽게 하는 사람들이 많다.

단언은 누구나 아무 때나 할 수는 없다. 결과나 미래에 대한 확신과 믿음이 있을 때에 비로소 가능하다. 보통은 결과나 미래가 확실하지 않거나, 사람이나 사실에 대한 확신이 없을 때는 단언은 피하고 삼간다. 지나고 나면 바로 헛말이 되거나 거짓말이 된다는 것을 알기 때문이다.

그러나 요즘 대화나 말속에는 이런저런 단언들이 난무한다. 마치 안 되는 일이 없고, 조금의 불신이나 의심조차 할 필요가 없는 듯 단언들을 한다. 불확실성이 커지고 있고, 인간관계들마저 갈수록 불신이 확산되는 풍조와는 반대다. 불신을 감추고 억지로 믿음을 강요하는 모양새다.

"단번에 바로 해결하겠습니다.", "저에게 맡겨 주시면 당장 끝을 내겠습니다.", "식은 죽 먹기입니다."라고 하는 식이다. "그것만은 절대로 안 됩니다.", "하늘이 무너져도 여러분과 함께하겠습니다,", "결코 그런 일은 없을 겁니다.", "결단코 반드시 지키겠습니다."라는 단언들도 마찬가지다.

경험적으로 보면 이런 표현을 자주 또는 쉽게 하는 사람일수록 오히려 신뢰가 떨어지는 경우가 더 많다. 말해 놓고 언제 그랬느냐는 듯 지나치거나 약속을 다반사로 뒤집고 어기는 사람들인 경우가 많다. 그래서 이런 단언을 자주 하는 사람들을 다시 한번 쳐다보는 것이 맞다.

세상의 일이란 누구나 알다시피 절대로, 반드시, 꼭 되는 것은 아니다. 물론 뜻하는 대로 술술 풀리며 잘되는 것들도 있고, 안 되다가 뒤늦게 이뤄지는 것도 있다. 그러나 아무리 노력하고 애를 써도 끝까지 안 되는 것도 분명히 있다. 그런데도 무슨 일이든 "반드시", "꼭" 된다거나 해내겠노라고 쉽게 자주 단언한다는 것은 이미 헛말이고 거짓말이다.

강한 긍정은 부정이 되고, 강한 부정은 오히려 긍정의 의미가 되듯, 단언도 그렇게 보면 자기부정의 고백일 수도 있다. 마치 자신의 모든 것을 걸듯, 강하게 말하는 사람들의 마음속에는 도리어 자신에 대한 확신 부족과 불안감이 숨어있다. 결국 스스로 신뢰 부족을 고백하는 셈이다.

평소 자신의 말에 책임을 지는 사람과 신용이 있는 사람들의 말속에서는 그런 표현들을 거의 찾아볼 수가 없다는 것만 봐도 그것을 잘 말해준다. 말에 믿음이 있는 사람들은 상대방이 자신의 말을 믿고 확신한다는 것을 이미 알고 있기 때문에, 굳이 그런 표현을 하지 않는다. 상대방에게 특별히 자신의 강한 의지나 결심을 강조할 필요가 없는 것이다.

이렇게 본다면 공사석이든 상대방과의 대화에서 "절대로", "반드시", "꼭", "기필코"... 등의 말은 가급적 안 하고 피하는 것이 좋다. 그런 말은 할수록 상대방에게는 오히려 말의 신용이나 힘이 떨어지기 때문이다. 신뢰를 주는 것이 아니라 불신이나 불확실성만 더 키우는 꼴이 된다.

세상일이나 사람이 하는 일은 그렇게 될 가능성이나 개연성은 말할 수 있지만, 누구도 반드시 그렇게 된다고 단언할 수는 없다. 아무리 쉽고 간단한 일이라도 "반드시"라고 말할 수 없는 것이 세상의 이치 아니던가.

선거 때마다 "당선되면 이번에 반드시 이뤄내겠습니다!", "미뤄져 오던 숙원사업 당장에 기필코 해결하겠습니다!"라고 목청을 높이는 정치인들은 그렇다고 치자. 주변에서 못 믿을 사람, 경계할 사람은 언제나 안 되는 것이 없는 것처럼 쉽게 단언하는 사람들이다.

호칭도 양성평등 시대

설날이나 추석 등 명절에 가족들이 여럿 모이면 신혼부부 등 젊은 층은 정확한 가족 호칭을 몰라 당황할 때가 많다. 신랑 신부는 시댁과 처가댁에서 가족들을 부르는 호칭이 서로 달라 정확한 호칭 사용이 어려운 것도 사실이다. 그런데 이러한 가족 간 호칭에 성차별적 요소가 많다는 지적이 수년 전부터 이어지고 있어서 젊은 부부들을 중심으로 호칭 변화도 많이 일어나고 있다.

가족 간 호칭에서 남녀 차별적 요소로 지적되는 대표적인 것은 한마디로 시댁 가족은 존댓말로 호칭하지만, 처가 가족은 그렇게 부르지 않는다는 것이다. 즉, 여성은 시댁 가족을 부를 때 '도련님', '서방님'처럼 호칭에 대부분 '님' 자를 붙이는 데 비해, 남성의 처가 가족에 대한 호칭은 '처남', '처제' 등으로 '님' 자가 없어서 호칭 자체가 차별적이라는 비판이다. 또, 남편의 집은 '시댁'으로 '댁'이 되고, 아내의 집은 '처가'로 '가'가 되는 것에도 알게 모르게 차별적 인식이 깔려있다는 지적이다.

'도련님'과 '아가씨'란 호칭에는 아내들의 거부감이 훨씬 더 크다. 국립국어원에 따르면 남편의 결혼하지 않은 동생은 '도련님' 또는 '아가씨'로 부르고, 아내의 동생은 '처남' 또는 '처제'로 부른다. 한쪽은 존칭이고 다른 쪽은 그렇지 않다. 아내의 입장에서는 남편은 자신의 동생들을 '님' 자 없이 불러도 되고, 자신은 남편의 동생들을 존대해서 부르는 호칭 자체가 부당하다는 지적이다.

이러한 문제 제기가 이어지면서 젊은 부부들 사이에는 양성 평등한 새로운 가족 호칭사용이 늘어나고 있다. 대표적으로 '장인'과 '장모'는 거의 쓰지 않고 '아버님', '어머님'으로 시댁 부모와 똑같이 부른다.

또, 남편이나 아내의 동생을 '도련님'이나 '처남'으로 부르지 않고 동생들의 이름을 넣어 '○○야!' 또는 '○○씨!'로 부르기도 한다. 이들은 이구동성으로 남편의 동생이든, 아내의 동생이든 다 같은 동생인데 다르게 부르는 것 자체가 차별이라고 꼬집는다. 이와 관련해서는 국립국어원도 최근에는 전통적인 호칭 대신에 '이름을 불러도 된다.'는 입장이다.

요즘 부부들은 또, '친가'와 '외가'라는 말에도 민감하다. 친가와 외가의 개념 속에도 결국 남녀의 차별적 인식이 포함되어 있다는 것이다. 즉, 친가가 외가에 비해 상대적으로 더 중시되거나 우대되는 개념이라는 것이다. 이러한 차이와 구별은 '친할머니'와 '외할머니', '친손자'와 '외손자'를 구별하게 되고 결국 차별로 이어지게 된다는 것이다.

그래서 아이들에게는 '친가'와 '외가', '친할머니'나 '외할머니'로 구별하기보다는 부모들이 사는 곳을 기준으로 자연스럽게 호칭하게 한다. 부모가 대구에 살면 '대구 할머니'나 '대구 할아버지 댁'으로, 서울에 살면 '서울 할아버지' 또는 '서울 할머니 댁'으로 부르는 식이다.

호칭의 변화는 어른들에게도 마찬가지다. 부모들이 젊은 사위나 며느리를 부를 때 '며느리', '사위', 'ㅇㅇ서방' 하는 호칭은 거의 사라지고 지금은 이름을 직접 부르는 집이 늘고 있다. 핵가족이 되면서 집집마다 식구가 적어 며느리나 사위를 자식과 똑같이 여기려는 부모들이 많기 때문이다. 이런 호칭의 변화를 두고 전통 예의범절이 통째로 무너지고 있다고 통탄하는 쪽도 있을 것이다. 그러나 말이란 결국 시대와 사회상을 반영하는 것이어서 변화는 있을 수밖에 없다.

설이 눈앞으로 다가왔다. 코로나 때문에 예년 같은 설 분위기는 아니지만 그래도 가족들을 만나는 설렘은 마찬가지다. 이번 설은 서로 듣기 좋고, 들어서 기분을 더 좋게 하는 성 평등한 새 호칭으로 가족들을 불러보면 어떨까? 더 기쁜 설이 기대된다.

호칭에서 보이는
말의 품격

    말의 품격은 금방 드러난다. 특히 대화 중 자리에 없는 사람을 호칭하거나 지칭할 때, 말하는 사람의 품격이 훨씬 더 적나라하게 드러난다. 품격을 잃지 않는 사람은 자리에 없는 사람이라도 호칭을 결코 함부로 하지 않는다. 이름은 물론, 정확한 직함과 함께 '님' 자까지도 꼭 붙여서 말한다.

    특정 사람 앞에서는 말도 잘 못 붙이면서 자리에 없다고 함부로 말하는 사람들이 많다. 사람을 지칭할 때, 존칭은 물론 직함도 떼고 이름 석 자만 부르기도 한다. 지칭어 사용 하나만 봐도 말의 품격이나 교양이 보인다.

    지인이나 제삼자를 함부로 지칭하는 이들은 정치인이나 유명인 등 공인에 대해서는 그 정도가 훨씬 더 심하다. 이름에 성을 빼고 "○○ 는..." 하는 식으로 말하기도 한다. 국회의원이나 장관, 시장·도지사 등 단체장들을 향해서는 "○○이가 사고를 쳤네.", "○○가 또 못 참고 한 소리 하네."라고 하는 식이다. 대통령도 예외가 아니다. 이들 중에 는 예사로 이름 뒤에 비속어까지 붙여가며 호칭하거나 지칭하기도 한 다. 사석이지만 듣기가 불편하다.

호칭어는 일상적인 대화에서 상대방을 부르는 말이고, 지칭어는 다 른 사람을 가리켜 이르는 말이다. "당신"이나 "너", "그 사람"처럼 사람 을 지칭하는 말이 있지만, 그것으로는 공손함을 나타낼 수가 없다. 그 래서 다양한 호칭어와 지칭어가 존재하게 된다. 가족이나 친인척을 부 르는 호칭어가 따로 있고, 직장이나 사회생활에서 타인에 대한 호칭과 지칭어도 별도로 있다.

일반적으로 호칭이나 지칭은 직함이 있을 때는 이름과 직함을 함께 정확하게 불러주는 것이 일반적이다. 나이가 많거나 상사일 때는 직함 에 공손의 표시로 '님'를 붙여 부른다. 직함을 특별히 강조할 필요가 없 을 때는 "○○회원(님)", "○○위원(님)", "○○선생(님)", "○○씨"로 호 칭하기도 한다. 가까운 사이라면 "○○형", "○○언니" 또는 "○○선배 (님)" 등으로도 부른다.

남을 부르는 호칭과 지칭에는 말하는 사람과의 관계나 위계질서 등이 잘 나타난다. 서로가 얼마나 잘 아는지 친밀도나 심지어 신뢰 정도까지도 어느 정도는 알게 된다. 때문에 정확하고 알맞은 호칭과 지칭어의 사용은 매우 중요하다. 이러한 호칭과 지칭은 당사자가 자리에 있건 없건 항상 똑같아야 하는 것이 원칙이다. 자리에 있을 때는 듣기 좋게 공손한 호칭을 하다가, 당사자가 자리에 없으면 이름만을 함부로 부르는 사람은 말의 품격이 없다.

잘 아는 한 정치인은 자리에 없는 사람을 지칭할 때, 너무 막무가내여서 아찔할 때가 한두 번이 아니다. 모두 반말투다. 특히 자신과 경쟁 관계에 있거나 우호적이지 않는 사람은 남녀노소를 가리지 않고 "○○××", "그 ××" 등 비속어까지 예사로 붙여 지칭한다. 대화 상대방을 믿고 하는 말이겠지만, 옆에서 함께 듣고 있으면 그의 인격과 한계가 보인다는 느낌도 든다.

늘 품격 있게 말하는 이들도 물론 많다. 대학 총장을 지낸 70대 후반의 지인은 볼 때마다 호칭을 너무 공손하게 해서 편하게 불러달라는 부탁까지 해보지만 소용이 없다. 그로부터 지나간 여러 경험담들을 자주 듣게 되지만, 대화 중 자리에 없는 누군가를 지칭할 때, 직함을 떼고 이름만 부르는 경우를 거의 보지 못했다. 나이나 직위에 관계 없이 늘 사람의 직함을 정확하게 꼭 붙여서 말한다. 그래서 그의 말은 더 격조가 있고 신뢰가 느껴진다.

말은 마음의 초상이며 생각의 거울이기도 하다. 호칭어, 지칭어 하나에도 말하는 사람의 마음과 모습이 그대로 드러난다. 내가 누군가를 함부로 부르면 언젠가는 남도 나를 그렇게 부를 수밖에 없다. 자신의 말이 달라지려면 지칭이나 호칭어부터 먼저 달라져야 한다. 당사자가 자리에 있든 없든 한결같이 지칭하고 호칭할 수 있어야 한다.

교양 있는 말은
정확한 우리말

'한류', '한복', '오빠', '삼겹살', '먹방' 등 우리말 26개가 세계적 권위를 가진 영국 옥스퍼드 영어사전에 최근 새로 등재됐다. 심지어 '파이팅', '콩글리시'와 같은 단어들까지 함께 포함됐다. 한류를 타고 한글에 대한 세계적 관심이 크게 높아지는 것과 무관하지 않은 듯하다.

그러나 우리말은 요즘 몰려오는 외래어들로 심각한 수난을 당하고 있다. 모든 것이 그렇지만 언어도 지키고 소중히 하지 않으면 금세 오염되고 그 빛을 잃게 된다. 그런 정도가 심해지면 외면을 당하게 되고, 결국 언젠가는 고사할 수밖에 없다. 우리말이라고 예외가 될 수 없다.

얼마 전 TV에서 대화 중 외래어가 하나라도 포함된 말을 하면 벌칙을 당하는 게임을 본 적이 있다. 놀랍게도 결과는 참가자들 대부분이

벌칙을 피해 가지 못했다. 하는 말마다 어떤 식이든 영어 등 외래어들이 한두 개씩 포함되어 있었다. 그 수가 하도 많아 열거가 불가능하다.

하루하루 수없이 쏟아지는 새로운 이름이나 개념, 의미어들이 영어식 표현 그대로 수입되고 사용된다. 예전에는 그런 말들을 적절한 우리말로 바꾸려는 노력도 보였으나 요즘은 그런 것도 별로 안 보이는 느낌이다. 상황이 이렇다 보니 우리말은 외래어들로 급속도로 오염되고 있다.

전대미문의 코로나19 상황이 전 세계를 휩쓸었을 때, 외래어들의 남발은 더욱 심각해졌다. 지금도 귓전을 울리는 '진단키트', '팬데믹', '코호트 격리', '슈퍼 전파자', '언택트', '드라이브 스루', '부스터 샷' 등 헤아릴 수도 없다. 여기에다 어려운 백신 이름들로 현기증이 날 정도였다.

일상 언어에서 외래어들이 남발되기는 이미 오래전이지만, 최근에는 간판이나 상호, 회사명 등에 외래어가 거의 필수처럼 사용된다. 특히 아파트나 빌딩의 이름은 거의 전부라고 해도 과언이 아니다. 외국어는 고급스럽다는 일부의 그릇된 인식이 확산되면서, 심지어 아파트는 이름을 외국어로 지어야 분양도 훨씬 더 잘된다는 얘기가 있을 정도다.

최근에는 고상함을 더한다는 뜻에서 영어뿐만 아니라 프랑스어나

독일어, 이탈리아어는 물론, 라틴어 같은 말도 무분별하게 내걸어 혼란이 더하다. 외래어를 순화하는 데 앞장서야 할 정부나 자치단체, 공공기관들은 물론, 각종 미디어들마저 외래어를 남발해 이런 현상을 오히려 더 부추긴다는 지적이다.

특히 SNS 사용이 급증하면서 황당무계한 줄임말이나 신조어들까지 수없이 생겨나고 빠르게 확산된다. 우리말이나 외래들을 일부러 비틀거나 왜곡한 갖가지 비속어와 은어들도 마구 쏟아져 나와 세대 간에 소통마저도 어렵게 하는 원인이 되고 있다.

미래학자들은 앞으로 500년 사이에 영향력이 큰 주요한 몇몇 언어들을 제외한 나머지 대부분은 사라질 것이라고 예측한다. 언어도 영향력이 강한 쪽이 약한 쪽을 잠식하고, 그것이 누적되면 잠식당한 언어는 결국 소멸한다는 것이다. 논밭을 묵히게 되면 금세 무성한 잡초밭이나 황무지로 변해버리는 것과 같은 이치다. 언어는 그 속도가 더 빠르다.

한글이 만들어진 지 600년이 되어 가는 사이 우리는 중국과 일본, 미국의 영향을 직접적으로 받으면서 우리말도 심각한 도전과 위협을 받아왔다. 그 속에서도 우리는 소중한 우리말을 오늘까지 굳건히 지켜왔다.

세계가 하나의 지구촌으로 급변해 가는 오늘, 한글은 이제 세계로

뻗어나가고 있다. 그러나 속을 자세히 들여다보면 지금 한글은 범람하는 외래어와 비속어, 은어들로 어느 때보다도 심각한 위협을 당하고 있다. 이것을 제때 제대로 극복하지 못하면 우리의 미래도 없다. 교양 있는 말은 정확한 우리말 사용이다. 한글 우리말에 드리워진 그림자도 제대로 돌아볼 때다.

말은 왜곡되기 쉽다

예전에 TV 예능 프로그램 중에 말 전달하기 게임이 인기를 끈 적이 있다. 시끄러운 음악이 나오는 이어폰을 낀 사람 예닐곱이 한 방향으로 길게 줄을 지어 서면, 줄 맨 뒤쪽에 있는 사람이 진행자가 제시한 문장을 보고 그것을 앞사람에게 귓속말로 차례로 전달한다. 최종적으로 어느 쪽이 더 정확하게 말을 전했는가를 겨루는 게임이었다.

결과를 보면, 말은 사람을 거치면서 완전 엉뚱하게 달라지기도 한다. 처음과 마지막 말이 딴판이 되는 것을 보며 배꼽을 잡기도 하지만, 사람을 거치며 말은 얼마든지 달라질 수 있다는 것을 알게 해준다.

사람끼리 서로 생각이나 느낌 등 정보를 주고받는 것이 바로 소통이요 커뮤니케이션이지만, 여기에는 늘 방해하는 요소들이 따른다. 방해

요소들 중에 대표적인 것이 왜곡이다. 왜곡은 최초로 뜻을 전하는 사람과 그것을 듣고 이해하는 사람과의 사이에서 원래의 뜻이 제대로 전해지지 않거나 사실과 다르게 또는 잘못 전달되는 경우를 말한다.

이러한 왜곡이 일어나는 원인은 물론 여러 가지가 있겠지만, 대체로 전하는 사람이나 듣는 사람의 능력이나 환경, 생활철학이나 가치관, 관점 등의 차이가 복합적으로 작용했기 때문이다. 이와 같은 차이와 다름은 언제 어디서든 대화 당사자 간에는 있을 수밖에 없다. 때문에 누구에게든 말이 잘못 전해지거나 왜곡될 수 있는 위험은 늘 있다.

커뮤니케이션을 방해하는 것들로는 수용자에게 판단에 필요한 모든 정보를 제대로 전달하지 않고 거두절미하거나 생략하는 것도 포함된다. 반대로 너무 많은 정보나 지식을 전달하느라 오히려 뜻을 제대로 전달하지 못하거나 적절한 타이밍을 놓치는 것도 역시 방해요소다.

커뮤니케이션에 대해 심리학자 칼 호블랜드(Carl Hovland)가 "한 개인이 다른 사람들의 행동을 변용시키기 위해 어떤 자극을 보내는 과정"이라고 정의한 것처럼, 말은 정보의 전달로 서로의 행동에 영향을 미치는 과정이다. 따라서 말이나 메시지가 여러 방해요소들에도 불구하고 왜곡 없이 수신자에게 바로 전달되게 하는 것은 소통에서 가장 중요한 부분이다.

그러나 일상에서는 의도적이든 아니든 여러 형태의 왜곡은 끊임없이 반복되고 있다. 따라서 메시지나 정보에 대한 불신도 만연하고 있다. 특히 대표적인 전달자인 신문·방송 등 매스미디어와 함께 유튜브와 SNS 등에 대해서는 발신자나 수용자 모두 왜곡이 많다는 불만들이다.

이러한 문제는 전달자나 수용자 모두가 자신도 모르는 사이 인지적 오류나 인지 왜곡(cognitive distortion)에 빠지는 경우가 많기 때문이다. 예를 들어, 모든 상황을 흑백 또는 이분법적 논리로만 이해하거나 자신만 옳다고 생각하는 경향들이 그것이다. 또한 일부 정보만 선택적으로 수용하며 그것이 전체인 것처럼 과잉 일반화하거나 과장, 축소는 물론 사소한 부분만 보고 전체를 판단하는 선택적 추상화 등도 있다.

이 외에도 다른 사람의 말을 제멋대로 단정 또는 규정하거나 믿고 싶은 것만 믿으려는 확증편향 등도 인지적 오류를 낳는다. 근거도 없이 막연한 느낌이나 감정에 편승해 성급하게 결론을 내리는 감정적 추리와 같은 것들도 왜곡을 불러오는 주요 원인으로 작용한다. 이렇듯 왜곡이 없는 정확한 말이나 메시지의 전달과 수용은 쉬운 것 같아 보이지만, 현실에서는 내외부적 방해요소들로 인해 결코 쉽지만은 않다.

눈만 뜨면 온갖 말들이 무성하고 뉴스와 정보들이 넘쳐나는 요즘이다. 이런 때일수록 더 세심하게 진의를 살피고 전체적인 맥락을 돌아볼 필요가 있다. 더 철저한 자기검열과 게이트 키핑(gate keeping)도 요구된다. 말이나 정보는 언제든, 누구에 의해서든 너무나 쉽게 왜곡될 수도 있기 때문이다.

생각 감추기는 이제 그만

대학에서 학생들과 대화를 하다 보면 또렷하게 자신의 생각을 말하는 이들도 있지만, 생각을 분명하게 드러내지 않는 학생들도 많다. 이들은 흔히 "~인 것 같아요."라는 식으로 말하면서 자신의 속내를 완전히 드러내지 않고 유보한다. 아니면 그냥 웃음으로 대신하며 넘어가려고 한다.

직장에서도 마찬가지다. 상사가 직원들에게 의견을 물으면 자신의 생각을 분명하게 말하는 사람이 많지 않다. 대부분은 돌려서 말하거나 주변의 말을 전달하는 것처럼 하면서 우회적으로 답을 한다. "~문제에 대해서는 여기저기서 여러 이야기들이 나오는 것 같습니다."라고 하면서 자신의 의견이나 생각들은 그 말의 행간에 슬쩍슬쩍 끼워 넣어 말한다.

이런 말들이 습관처럼 무분별하게 사용되면서 요즘에는 자신의 기분이나 감정마저 남 이야기하듯 말하는 어이없는 상황마저 생겨나기도 한다. 기분이 어떠냐는 물음에 "기분이 좋은 것 같아요."라고 하거나 음식 맛이 어떤지에 대해서도 "맛이 있는 것 같아요."라고 남 말처럼 한다.

　각자 느끼는 기분이나 맛은 자신만이 알 수 있는 것이고 또한 본인만이 정확히 답할 수 있는 부분이다. 그런데도 그것마저 정확히 말하려고 하지 않는다. 그렇다면 그것은 과연 누가 바로 말할 수 있다는 건가?

　물론 각자의 생각이나 뜻을 있는 대로 드러내지 않고 우회적으로 돌려서 말하는 것을 상대방에 대한 겸양이나 미덕으로 간주할 수도 있다. 그러나 현실에서 보면 그것은 겸양이나 공손함이 아니라 오히려 주변에 대한 끊임없는 눈치 보기며 자신감 없는 대표적인 화법의 하나다.

　이러한 표현방식은 또한 하는 말마다 말끝을 흐리게 하는 직접적인 원인이 되기도 한다. 말은 생각이나 판단의 표현이자 결과이기 때문에, 생각을 분명하게 드러내지 못하게 되면 결국 자신도 모르게 말끝이 흐려질 수밖에 없다. '~했는데...', '~했습니다만...' 하는 식으로 어느 순간부터 서술어가 점점 사라지면서 말끝이 기어들어 가고 흐려진다.

　말끝을 분명하게 하지 못하면 확신이 없다는 인상을 주게 된다. 의

사전달에 실패할 우려뿐만 아니라 말의 격조마저 떨어트리게 된다. 기본적으로 말의 힘은 문장을 끝까지 분명하게 발음하는 데서부터 나온다.

따라서 말은 짧든 길든 뜻이 분명해야 하고, 말끝이 또렷해야 한다. 끝을 분명하게 해야 힘이 있고 신뢰감이 생겨난다. "과장님, 사흘간 휴가 다녀오겠습니다.", "부장님, 오전 내로 결재해 주십시오."라는 식으로 끝을 명료하게 말하는 사람은 이미지도 더 분명해지고 똑 부러진다. 이런 말 습관을 지닌 사람은 결코 무시당할 수도 없고 얕보여지지도 않는다.

생각이나 느낌들을 있는 대로 표현하지 않고 숨기거나 우회하려는 이러한 화법이 왜 이처럼 남발되는 것일까? 그것은 결국 불확실성의 확대와 군중 속에서 개인의 격리 두려움 때문이라 할 수 있겠다. 즉, 자신의 생각이나 말이 상대나 주변인들과 큰 차이가 날지도 모른다는 두려움 같은 것이다. 또한 자신이 바로 속내를 드러낼 경우, 주변으로부터 외면을 당하거나 소외될지도 모른다는 우려나 걱정에서 비롯될 수도 있다.

결국 이러한 의식들이 만연하면서 의사전달이나 소통은 장애를 받게 되고 동시에 불확실성은 점점 더 가중된다. 어떤 것도 분명하지 않고, 심지어 무엇이 옳고 그른지도 잘 분간할 수 없는 애매모호함과 불신만 더해진다.

말이 곧 그 사람이라고 하지 않던가. 사람은 말하는 대로 모습이 세워지고 이미지가 그려진다. 결국 화법이나 말 문화에 따라 개인도 달라지고 사회도 변화한다. 애매모호함만 키우는 눈치보기식 자신감 없는 화법은 이제 거둘 때다. 이대로 가면 자신은 물론, 사회마저 주관이나 정체성마저 점점 잃을 수도 있다. 세상은 점점 더 비겁한 쪽으로 변화해 갈지도 모른다. 언제까지 "~인 것 같아요."라고 말할 것인가!

비유(比喩)의
유혹과 그 위험성

　말과 글에서 비유법만큼 자주 사용되는 것도 없다. 비유는 자신의 생각과 감정을 보다 더 효과적으로 전달할 수 있고, 또한 대상을 인상 깊고 생생하게 표현할 수 있기 때문이다. 적절한 비유는 말과 글의 힘을 더해준다. 그러나 비유가 적절하지 못하거나 잘못되면 그 파장과 여파는 크고 심각하다.

　상대방에 대한 좋은 말을 하면서 하는 비유는 다소 과장되거나 어색해도 웃어넘길 수 있지만, 비판과 지적을 하면서 하는 비유는 위험하다. 약간이라도 비유가 적절치 못하거나 이상하면 바로 정색을 하게 되고, 분위기가 나빠지게 된다. 상대는 비아냥이나 모욕으로 받아들일 수도 있기 때문이다.

물론 누구나 말을 하다 보면 때론 부정적인 비유를 동원하며 말하고 싶은 유혹이 생길 때도 있다. 그러나 그 유혹을 이기지 못하면 상황은 복잡하고 심각해진다. "~같은 인간", "옛날에 ~처럼" 또는 "자기가 ~인 양", "~보다도 못한"이라는 비유가 나오면 이미 엎질러진 물이나 마찬가지다. "~벌레 같은", "~xx이네"처럼 분노를 담아 내뱉는 비유는 폭탄이나 다름없다.

비유는 이처럼 영향력이 크다. 이렇다 보니 말과 글에서 빠지지 않는 수사법이 바로 비유법이다. 표현하려는 대상, 즉 원관념을 그것과 유사한 다른 대상인 보조관념에 빗대어 표현하는 방법으로 종류는 많다. 그중에서도 '~처럼', '~같이', '~듯이'와 같은 직유법(直喩法)이 대표적이다. 직유법은 원관념과 보조관념을 직접 연결하기 때문에 뜻이 바로 전달, 강조되는 특징이 있다.

비유법에는 직유법 외에도 표현이 다른 은유법, 활유법도 있다. 또, 사물의 한 부분이나 특징으로 그 자체나 전체를 나타내는 대유법(代喩法)도 있다. 대유법에는 사물의 부분으로 전체를 의미하는 제유법과 사물의 속성으로 전체를 뜻하는 환유법도 있다. 속담이나 격언, 짧은 이야기를 통해 의미를 나타내는 풍유법과 사람이 아닌 대상을 사람처럼 표현하는 의인법, 소리를 묘사하는 의성법, 사물의 상태나 동작을 말로 표현하는 의태법도 있다.

어떤 비유가 되었든 사람들은 좋은 것, 긍정적이고 희망적인 것에 비유되려고 한다. 부정적인 것에 비유되면 사소한 것 하나도 민감하게 반응한다. 용이나 백호, 산이나 봉우리, 강, 바다 등에 비유는 받아들이지만 작고 약한 것, 부정적이고 기피하거나 보잘것없는 것에 대한 비유는 즉각 반발을 부른다.

몇 년 전 이상민 행정안전부 장관은 당시 경찰국 추진에 반대하던 전국 경찰서장 회의를 두고 경찰대 출신들을 지목하며 "하나회의 12·12 쿠데타에 준하는 것"이라고 했다가 강한 비판에 휩싸이기도 했다. 결국 이 장관은 "비판을 겸허히 수용한다."며 사과의 뜻을 밝히기도 했다. 많은 사람들은 장관의 비판 그 자체보다는 비유가 잘못됐다고 입을 모았다. 서장들의 회의 강행이 잘못이면 장관으로서 그것 자체를 정면으로 문제 삼으면 되는데 불필요하게 지나간 특정 사건에 바로 비유함으로써 오히려 문제를 키웠다는 것이다.

적절치 못한 비유는 말의 의도를 왜곡하기도 하고, 때론 예상치 못한 거센 반발과 역풍을 불러오기도 한다. 잘못된 비유는 그만큼 파장이 크고 위험하다. 그래서 누군가가 "불행은 비교나 비유에서 시작된다."고 했던가. 문제는 비유법 그 자체가 아니라 경솔한 이들의 적절치 못하고도 불필요한 비유들이다.

많이 칭찬하고 격려하라

다산(茶山) 정약용은 고시(古詩)에서 '칭찬은 만 사람의 입을 필요로 하지만 헐뜯음은 한 입에서 말미암는 법(讚誦待萬口 毁謗由 一脣)'이라고 했다. 칭찬이 남을 비방하기보다 천 배, 만 배나 더 어렵다는 뜻도 된다.

실제로 칭찬이나 미담은 비방이나 험담에 비해 전파가 매우 느리다. 많은 사람들의 입이 모아져야만 어느 정도 알려질 뿐, 웬만해선 잘 확산되지도 않는다. 전달 속도는 늦고 더디기만 하다. 심지어 칭찬과 미담은 적극적인 확산 노력을 기울여도 잠시 그때뿐이고 어느 순간에 사라져 버리곤 한다.

그러나 남을 비방하거나 헐뜯는 말들은 한 사람의 입만으로도 사방으로 순식간에 번져나간다. 사실 확인조차도 필요 없고, 오히려 소문에 소문이 더해져 거짓과 왜곡은 시간이 갈수록 눈덩이처럼 커지고 부풀려지기 일쑤다.

그래서 옛사람들도 비방이나 상처를 주는 말은 발이 없어도 천리를 간다고 했다. 또, 그러한 말들은 위험하기 이를 데 없고, 때로는 사람에게 치명상을 줄 수도 있어 날카로운 칼이나 도끼에 자주 비유하기도 했다.

결국 남에 대한 험담이나 안 좋은 말들은 바람 많은 날의 산불과도 같다. 순식간에 번지고 많은 피해를 준다. 여기에 비해 칭찬이나 격려, 덕담들은 마치 추운 날 아랫목을 데워주는 군불 같다고나 할까. 엔간해선 방바닥에 온기가 느껴지지도 않고 표가 나지도 않는다. 온기가 느껴지도록 하기 위해서는 꾸준히 군불을 지펴야만 한다. 그러나 군불이 구들장을 따뜻하게 데우면 방은 밤새 온기가 돌고 식지도 않는다. 칭찬과 미담도 금방은 표시가 나지 않지만, 많은 사람들의 입이 모이면 엄청난 힘을 발휘하기도 한다.

흔히들 칭찬은 고래도 춤을 추게 한다고 하지 않던가. 칭찬에 인색한 사람일수록 칭찬의 힘을 모르는 사람이다. 칭찬도 하던 사람이 더 잘하고, 더 자주 하게 된다. 칭찬의 힘 역시 아는 사람이 그 힘을 잘 활용하게 된다.

전설의 CEO로 불리는 GE(제너럴 일렉트릭)의 잭 웰치 전 회장은 어렸을 때 심한 말더듬이었다. 그러나 어머니의 칭찬으로 자신의 약점을 완전히 극복할 수 있었다는 일화는 유명하다. 어느 날 말을 더듬는 어린 잭 웰치를 아이들이 마구 놀려대자, 울고 있는 아들을 향해 어머니는 "너는 생각의 속도가 남보다 월등히 빨라서 입이 미처 못 따라올 뿐이란다. 너는 앞으로 아주 큰 인물이 될 것"이라고 칭찬했다고 한다. 어른이 된 잭 웰치는 "나는 사실 수년 동안 내가 말을 더듬는다는 것을 전혀 깨닫지 못했다."면서 어머니의 그 말을 아무런 의심 없이 클 때까지 믿었다고 술회했다. 어머니의 칭찬으로 그는 말을 더듬는 약점을 스스로 이겨낼 수 있었고, 결국 최고의 경영자가 되었다.

미국의 유명한 작가 마크 트웨인(Mark Twain)은 "좋은 칭찬 한마디에 두 달은 살 수 있다."라고 하지 않았던가. 칭찬은 비록 만 명의 입이 필요하기도 하고, 비방이나 험담보다 너무나 느리고 더디게 전달되기도 하지만, 상상을 초월하는 강력한 에너지를 가지고 있다. 그래서 칭찬은 늘 용기와 새로움을 만들어내고, 끝내 성공으로 이끄는 마법의 힘을 발휘하기도 한다.

그러나 현실은 칭찬 부재와 칭찬 결핍의 시대라고 해도 과언이 아닐 정도로 칭찬이 부족하다. 누군가를 위하고 보듬기보다는 비판하고, 지적하고, 비방하는 말들만 난무한다. 적대적이고 앙숙인 관계에서나 내뱉을 수 있는 험한 말, 막말들이 일상에서도 수시로 오고 간다. 시간이 갈수록 칭찬이나 미담이나 위로, 격려의 말들은 찾아보기 힘들다. 결국 오늘을 사는 사람들 저마다의 하루하루 삶은 더 팍팍하고, 거칠고 고단하게만 느껴질 수밖에 없다.

물이나 공기를 마시고 들이키듯, 우리들 모두에게 필요한 것은 칭찬과 따뜻한 격려, 응원의 말들이다. 이제 칭찬이 인색한 세상, 칭찬이 결핍된 세상을 두고 봐서는 안 된다. 크고 작은 칭찬과 격려, 그리고 관심의 말들이 넘쳐나는 그런 세상, 그런 일상이 되게 해야 한다.

방법은 어렵지도 않고 간단하다. 서로 칭찬을 하는 것이다. 마음속으로만 담아두지 말고 직접 칭찬을 건네고, 격려도 해야 한다. 주변의 안부도 물어야 하고, 소식도 자주 전해줘야 한다. 네가 있어 내가 있는 것이란 감사도 해야 한다. 이것이 칭찬 결핍 시대를 사는 법이다.

말하기에는
비결이 있다

때와 장소에 맞는 말

　　110여 년만의 큰 폭우로 중부지방에 엄청난 수해가 발생했던 2022년 여름 어느 날, 수해 현장에 봉사활동을 나갔던 한 국회의원이 상황을 제대로 모르고 실언을 해서 큰 파장이 일었던 적이 있다. 당시 국회의원은 봉사활동을 하다가 "솔직히 비 좀 왔으면 좋겠다. 사진 잘 나오게!"라고 했고, 이 한마디가 매스컴을 탔다. 이때부터 비난여론이 빗발치면서 국회의원들의 수해 현장 봉사활동은 마치 흙탕물을 뒤집어쓰기라도 한 것처럼 오점투성이가 되고 말았다.

　　여론이 갈수록 악화되자, 실언한 국회의원은 대국민 사과에 나서며 고개를 숙였다. 당에서도 윤리위에 제소를 하는 등 수습을 위해 애를 썼지만, 많은 국민들은 "서민들의 아픔과 고통에 대한 인식이 이 정도 수준일 줄 미처 몰랐다."며 경악과 분노를 감추지 못했다. 여론은 싸늘

했고, 심지어 대학생들은 당사 앞에서 시위를 벌이며 "수해 현장이 당신들의 포토존이냐.", "김 의원은 즉시 사퇴하라."라며 목청을 높이기도 했다.

말해야 할 때와 안 할 때를 구분하지 못하고 경솔하게 내뱉은 실언 한마디가 당사자는 물론, 당까지 거친 파고에 몰아넣었다. 하기 쉬운 것이 말이라고 하지만, 말은 잘못하면 총칼보다 무서운 흉기다. 상대방에게 깊은 상처와 지워지지 않는 아픔을 줄 수 있기 때문이다.

말은 하고 싶을 때 하는 것이 아니라 때와 장소 등 말할 조건과 환경이 되었을 때 하는 것이다. 참지 못하고 하고 싶다고 내뱉으면 실언이 되곤 한다. 부적절한 말과 실언으로 화를 겪는 사람들을 보면 대부분 말해야 할 때와 장소, 환경을 제대로 인식하지 못했거나 무시한 것이 원인이다.

영국의 토마스 왓슨(Thomas Watson) 목사는 사람은 말을 신중하게 하도록 신체 구조까지 타고났다고 강조한다. 그는 "하나님은 우리 혀 앞에 두 개의 방어벽을 두었다. 하나는 혀 앞에 치아를 두었고, 치아 앞에는 입술을 두었다. 그것은 우리가 말을 함부로 하지 못하게 하신 것이다."라고 했다. 논어에서 말하는 눌언민행(訥言敏行)의 시사점 역시 마찬가지다. 군자의 행동은 민첩하지만, 말은 어눌하게 보일 정도로 적고 신중하게 하라는 뜻이다.

결국 말이란 한다고 해서 말이라고 할 수 있는 것이 아니라 말하는 사람이나 듣는 상대방에게 의미가 되어야 한다. 그것을 위해서는, 우선 말은 상황(occasion)에 맞아야 한다. 말할 때의 상황은 가지가지다. 기쁜 일인가, 슬픈 일인가에서부터 공석인가, 사석인가 등 여러 가지가 늘 고려되어야 하고 상황에 맞아야 한다.

다음은 때(time)이다. 말은 때에 맞아야 요긴하고 힘이 있다. 때가 적절한가 아닌가의 판단은 중요한 능력이다. 말할 때는 해야 하고, 하지 말아야 할 때는 해서는 안 된다. 그 반대가 되면 십중팔구는 실언이다.

장소(place)도 중요한 요소다. 어떤 장소, 환경인가에 따라 말의 내용이나 전개가 달라진다. 장소에 어울리지도, 맞지도 않는 말들을 마구 하는 사람은 대화나 소통의 훼방꾼이나 다름없다. 위치(position) 또한 빼놓을 수 없는 고려 대상이다. 말하는 사람은 위치에 맞는 말이나 화법을 구사해야 한다. 듣는 사람과의 관계도 세심하게 배려하며 말해야 한다. 위치에 따라 기대 수준도 다른 만큼 자리에 어울리고 맞는 말을 구사해야 한다.

이러한 것들을 고려하며 하는 말이 진정한 말이다. 때와 장소에 맞는 말에 힘이 있고 신뢰가 생겨난다. 잠언 15장에도 "사람은 그 입의 대답으로 말미암아 기쁨을 얻나니 때에 맞는 말이 얼마나 아름다운고"라고 했다. 톨스토이는 "말을 해야 할 때 하지 않으면 백 번 중에 한 번 후회하지만, 말을 하지 말아야 할 때 하면 백 번 중에 아흔아홉 번 후회한다."라고 했다.

좋은 말은 때에 맞고 힘이 되는 말이다. 지혜로운 말이고 필요한 말이며 위로가 되는 고마운 말이다. 누가 제 맘대로 말하며 아픈 상처를 주고 있는가!

핵심부터 말하는
처칠의 화법

누구나 말 잘하는 사람이 되고 싶지만 저절로 말 잘하는 사람이 될 수는 없다. 말도 잘하기 위해서는 준비하고, 연습하고, 많은 노력도 필요하다. 요즘은 대학에서도 말하기 수업이 필수과목이 되고 있는 시대다. 말 잘하는 사람은 자신의 뜻을 상대방에게 정확히 전달하는 사람이다. 나아가 상대방의 마음까지 얻을 수 있는 설득력 있는 말을 구사하는 사람이다.

헛말이나 부질없는 말, 여러 번 들었던 뻔한 말, 잘난 체 자랑이나 일삼고 뜻 없이 장황하기만 한 말들을 늘어놓는 사람은 말 잘하는 사람이 아니다. 그의 말이 아무리 유창하다고 해도 말을 잘한다고는 할 수 없다. 가식적이고 형식적이거나, 앞뒤 전후 논리가 없거나 맥락이 없는 말을 하는 사람 역시 마찬가지다. 그러나 우리는 흔히 무슨 말이든 즉석에서 술술 늘어놓는 사람을 말 잘하는 사람이라고 착각할 때가 많다. 물론 그들 중에도 말 잘하는 사람이 있을 수 있으나 막힘없는 말을 한다고 해서 말 잘하는 사람은 결코 아니다.

말 잘하는 사람의 말은 우선 뜻이 분명하고 적재적소에 어울리며, 듣는 이에 대한 배려가 있고 신뢰가 느껴진다. 또한 그들의 말에는 자주 격조 있는 유머가 곁들여져 여유와 재미까지도 있다. 문제는 이러한 말들은 노력 없이는 결코 자연스럽게 나올 수 없다는 것이다. 준비하고 연습까지 하는 사전 노력이 늘 뒷받침되어야만 가능하다. 이것이 결국 말 잘하기 비결이며 방법이다.

두 번이나 영국 총리를 지낸 윈스턴 처칠은 최고의 달변가로 통했지만, 그는 젊은 시절 말을 더듬었다. 이후에도 말을 술술 풀어내는 입심 좋은 재담가도 아니었고, 두 주먹을 불끈 쥐고 목청을 높이는 웅변가는 더더욱 아니었다. 그런데도 그의 연설이나 스피치는 늘 청중에게 강력한 설득력을 발휘했다.

그것은 그만의 특유한 화법에다 여유와 자신감에서 비롯되었다. 특히 그는 말을 잘하고자 하는 핵심을 요약해 그것부터 말하고, 전하고, 듣기를 좋아했다. 그는 한 장 이상으로 된 보고서는 읽지도 않는다는 말이 있을 정도로 항상 말의 핵심부터 전하고 듣고자 했다. 그래서 그의 스피치는 쉽고 단문이 많다.

흔히 핵심부터 말하고, 그다음 이유와 사례를 설명한 뒤, 한 번 더 핵심을 정리해 마무리하는 말하기를 'PREP'법이라고 한다. 이는 중요한 것부터 말하고 전달하는 처칠의 스피치를 꼭 닮았다 하여 '윈스턴 처칠의 화법'이라고도 한다. 그만큼 처칠의 화법은 전달력이 강하고 힘이 있었다. 여기에다 그는 어떤 상황이나 경우에서든 금상첨화 격으로 유머까지 가미해 말의 재미도 더했다.

그는 항상 말하기 전에 어떤 말부터 시작해야 할지, 유머는 언제쯤 어떻게 구사할지를 미리 설계했다. 특히 그는 유머의 중요성을 누구보다도 잘 알았기 때문에, 분위기에 맞는 유머를 찾아 치밀하게 준비했다. 심지어 거울을 보면서 표정이나 제스처 하나까지 수없이 반복하는 연습도 게을리하지 않았다. 결국 처칠의 뛰어난 즉흥 연설과 유머 뒤에는 철저한 준비와 연습이 있었다.

요즘 정치인이나 지도자를 자칭하는 사람들의 말들은 삭막하기 이를 데 없고, 여유라곤 찾아볼 수 없다. 스피치를 들어보면 내용이나 논리가 전혀 없고 아까운 시간만 허비하고 있다. 그것도 모른 채 이들 중에는 자신이 즉석 스피치가 가능한 사람이라고 생각하며 스스로 으쓱해 하기도 한다. 큰 착각이다. 그러한 말을 듣고 공감하거나 마음을 주는 사람은 아무도 없다. 말할 준비가 되어 있거나 전하고자 하는 것이 분명할 때 말해야 듣는 사람에 대한 최소한의 예의다. 윈스턴 처칠의 화법을 떠올리게 되는 이유다.

'아' 다르고 '어' 다른 말들

소통과 협상을 강의할 때, 학생들에게도 한 번씩 보여주는 유명한 동영상이 있다. 2분이 채 안 되는 짧은 동영상이지만, 어떻게 말하고 소통해야 하는지를 잘 보여준다. 첫 장면은 화사한 날 나이가 많은 한 시각장애인이 길바닥에 앉아 동전통을 놓고 행인들에게 도움을 구하는 모습으로 시작된다.

그의 자리 바로 옆에는 "나는 시각장애인입니다. 도와주세요(I'm blind, Please help)."라고 쓴 종이판도 세워져 있다. 지나가는 사람들이 노인에게 동전을 던져 주기도 하지만 무심히 지나치는 사람들이 더 많다.

이때 한 젊은 여인이 지나가다가 노인이 써둔 글귀를 보고는 걸음을 멈춘 뒤, 되돌아와 노인 앞에 선다. 그녀는 앉아서 노인의 종이판을 무릎에 올려놓더니 말없이 뭔가를 열심히 고쳐 쓴 뒤, 제자리에 다시 세워놓고는 자리를 떴다.

여인이 글을 고쳐 쓴 뒤로부터 행인들은 줄을 지어 설 정도로 너도 나도 노인에게 동전을 놓고 간다. 얼마 지나지 않아 동전 통이 가득 찰 정도였다. 갑자기 달라진 상황에 어리둥절해하는 노인 앞에 여인이 다시 왔다. 앞을 못 보는 노인은 여인에게 당신이 무슨 글을 써뒀느냐고 물었다. 여인은 "뜻은 같지만, 다른 말들로 썼어요."라고 짧게 말하고는 총총걸음으로 다시 사라졌다.

그녀는 도와달라고 써둔 노인의 글 대신에 "아름다운 날입니다. 그런데 나는 그것을 볼 수가 없네요(IT'S BEAUTIFUL DAY AND I CAN'T SEE IT)."라고 바꿔 쓴 것이다. 글귀 하나를 바꿨을 뿐인데 사람들의 반응은 이전과는 완전히 달랐다. "아름다운 날을 볼 수 없다."라는 그의 말 한마디가 햇볕 화사한 날, 거리를 활보하는 사람들의 가슴에 더없는 안타까움으로 전해졌던 것이다.

'아' 다르고 '어' 다르다는 말처럼, 어떻게 말하고 표현하느냐에 따라 말의 의미나 뉘앙스는 크게 달라진다. 심지어 전달되는 말의 내용은 물론, 메시지의 힘이나 전달력 역시 하늘과 땅 차이로 바뀌게 된다. 때론 장황한 말보다 가슴에 와닿는 한마디가 더 큰 감동과 깨달음을 주기도 한다. 때문에 연설 중의 한마디가 누군가에게는 평생의 지침이 되기도 하고, 영화의 짧은 대사나 유명한 시구 하나가 또 다른 이에게는 삶의 길잡이가 되기도 한다.

육조 혜능의 제자 영가 현각이 지은 〈증도가〉에는 "지극한 이치의 말 한마디가 범부를 성인으로 바꾼다(至理一言 轉凡爲聖)."고 했다. 생사 기로에 선 환자에게 영약 한 알이 생명을 구하듯 평범한 사람에게도 때론 마음에 닿는 한두 마디가 성인의 경지만큼 큰 깨달음을 주기도 한다는 뜻이다.

흔히 '말이 잘 통한다'는 사람은 말이 많은 사람이 아니라 상대방에게 자신의 마음을 잘 전달할 줄 아는 사람이다. 어떤 상황에서든 한마디도 신경 써서 하고, '아'와 '어'를 다르게 말할 줄 아는 사람이다. 늘 진정성을 전해주기 때문에 상대방의 마음을 붙잡기도 하고 움직일 수도 있다

누구보다도 정치인이나 지도자, 리더들은 자신의 마음을 잘 전달할 수 있는 설득력을 가져야 한다. 그들의 말은 늘 정제되고 또한 적절해야 한다. '아', '어'를 구별해서 말할 수 있어야 한다. 그것이 안 되면 한두 마디 때문에 대중이나 단체로부터 강한 비판에 직면하기도 한다. 때로는 그 정도에서 그치지 않고 지키던 자리마저 내놓아야 하고, 자신이 한 말을 평생 짊어지고 살아야 한다.

여야 정치권이 수준 이하의 말들로 연일 시끄럽다. 말을 바꿔야 국면도 바뀌고 세상도 달라지지만, 그들의 말은 좀처럼 바뀌지 않는다. 한마디라도 가슴에 와닿는 말을 해야 민심도 따라 올 텐데, 지도자를 자처하는 그들만 그것을 모르는 듯하다. 갈등과 분란만 더해지고 증오심마저 쌓여간다. "좋은 말 한마디는 한겨울도 따사롭게 하지만, 적절치 못한 말은 더운 유월에도 냉기를 돌게 한다(好言一句三冬暖 話不投機 六月寒)."는 말이 실감 나는 요즘이다.

열린 질문을 던져라

　대화를 나누면 편하고, 설득이나 협상을 잘하는 사람들은 공통적으로 질문을 잘한다. 청산유수처럼 말을 잘하는 것이 아니라 적절한 질문을 통해 상대방이 자신의 생각이나 느낌을 편하게 말할 수 있게 하는 질문 능력이 있다.

　대화에서 오가는 많은 질문들은 크게 닫힌 질문과 열린 질문으로 나눌 수 있다. 닫힌 질문은 답변을 "이다", "아니다" 또는 "그렇다", "그렇지 않다"로 나오게 하는 질문이다. 답이 여러 개가 될 수 없고, 하나이거나 또는 어느 한쪽이다. 예를 들어 "휴가 때 제주도 가십니까?", "저녁 식사는 맛있었습니까?"와 같은 질문이다. 둘 다 답변은 "그렇다.", "아니다."로밖에 할 수가 없다.

열린 질문은 닫힌 질문과는 양상이 완전히 다르다. 답변이 여러 개로 나올 수가 있다. "~이다.", "아니다." 또는 "맞는다.", "틀린다."로는 답변이 되지 않는다. 예를 들어, "휴가는 어디로 가실 계획입니까" 또는 "오늘 저녁 식사는 어땠습니까?"라는 식의 질문이다. 상대방은 휴가 갈 장소와 식사 맛에 대해 설명할 수밖에 없다. "50 더하기 50은 얼마냐?"의 답은 "100" 하나지만, "합이 100이 되는 두 수는 무엇이냐?"는 물음에 대한 답은 많다. 열린 질문도 그렇다.

이처럼 열린 질문은 닫힌 질문을 통해서는 알기 어려운 상대방의 생각이나 느낌, 판단 등을 알 수 있게 한다. 열린 질문을 이어가는 사람이 훨씬 더 많은 정보나 내용을 파악하게 되는 것도 이 때문이다. 결국 질문에 따라 상대방의 답변 내용이나 분량, 태도도 여러 형태로 달라지게 된다.

대화나 소통의 과정을 보면 사람마다 질문 실력이 극명하게 차이가 난다. 한 시간 동안 상대방과 열심히 대화를 하고도 별로 얻은 게 없다고 말하는 사람이 있는가 하면, 불과 20~30분 만에 상대를 훤히 파악하는 사람도 있다. 어떤 이들은 짧은 시간 안에 상대방을 친구로 만들기도 한다.

한쪽은 시종일관 닫힌 질문만을 이어갔고, 다른 쪽은 적절한 열린 질문들을 주로 구사한 결과라고 할 수 있겠다. 열린 질문을 통해 교감하고 공감을 이끌어내며 친구까지도 맺을 수 있게 된 것이다. 닫힌 질문으로는 대화 시간이 아무리 많이 주어진다고 해도 상대방을 제대로 알 수가 없고, 나아가 상대방의 공감이나 이해도 불러올 수가 없다.

결국 대화나 소통, 설득과 협상의 핵심은 질문능력에 있다. 열린 질문 구사능력에 있는 것이다. 때문에 질문의 중요성은 아무리 강조해도 지나치지 않다. "만약 곧 죽을 상황에 있고 목숨을 구할 수 있는 시간이 1시간밖에 없다면 나는 1시간 가운데 55분을 올바른 질문을 찾는 데 사용하겠다. 올바른 질문을 찾고 나면 정답을 찾는 데는 5분도 걸리지 않는다." 질문의 중요성을 강조한 아인슈타인의 말이다.

그러나 대화나 설득에서 어떻게 질문할 것인가 하는 문제는 늘 간과되기 일쑤다. 말하고, 주장하고, 표현하는 방법에만 몰두할 뿐, 좋은 질문을 어떻게 만들고 구사할 것인가에 대한 노력은 부족하다. 좋은 질문이란 상대방으로부터 무언가를 얻어낼 수 있는 열린 질문이다. 상대방이 자신의 것들을 드러낼 수 있게 만들어 주는 질문이다.

결국 좋은 질문, 열린 질문이 곧 호기심이나 지적 충족도 가능하게 한다. 이것을 누구보다도 잘 아는 유태인들은 어려서부터 질문과 토론을 교육의 핵심으로 삼고 있다. 세계 인구의 1%도 안 되는 유대인이 노벨상 전체 수상자의 30%를 차지하는 것은 질문과 토론을 강조하는 교육과 결코 무관하지 않다고 보인다.

하루하루 새로운 것들이 넘쳐나면서 지식의 반감기도 갈수록 짧아지고 있다. 좋은 질문 없이는 소통이나 지적 충족도 불가능하고, 의미있는 삶이나 행복한 삶도 영위할 수가 없다. 질문에 무관심한 우리를 돌아보면서 어떻게 하면 좋은 질문을 할 수 있는지 열린 질문을 던져본다.

비언어를 활용하라

사람은 표정으로 10가지 정도 감정을 표시할 수 있다고 한다. 그중에서도 가장 자주 드러내는 표정은 웃는 얼굴이다. 웃는 표정은 최대 90미터 밖에서도 알아볼 수 있다고 한다. 창을 던지면 날아갈 수 있는 거리는 70미터 전후다. 이보다 훨씬 더 멀리서 웃는 표정은 상대가 감지할 수 있다.

이것은 결국 우연이 아닐 수 있다. 창의 사정권 밖에서 서로 공격할 의도가 있는지 없는지 표정으로 미리 판단할 수 있게 하기 위한 진화의 결과인지도 모르겠다. 한쪽이 웃는 표정을 한다는 것은 공격할 의도가 없는 것은 물론, 상대방과 친해지고 싶다는 의사표시일 수도 있다. 멀리서 그런 표정을 보고 상대방의 의도를 미리 알 수 있다면 그에게 창을 던질 이유는 없다.

웃거나 화난 표정, 손짓과 발짓, 여러 몸짓들은 말이 아니기 때문에 형식적으로는 비언어다. 하지만 비언어도 상대방에게 의사를 바로 전할 수 있는 언어의 일종이다. 비언어는 메시지를 전달하는 기능과 함께 듣기에 있어서는 역할이 훨씬 더 크고 중요하다. 일상에서도 언어 메시지의 전달을 보완하는 기능을 하기도 하고, 규제하거나 대체 또는 강조하는 기능도 한다.

화가 났을 때, 목소리나 표정에 아무런 변화가 없다면 화가 났다는 것을 누구도 알지 못할 것이다. 사람들은 표정이나 목소리 때문에 화났음을 안다. 모임에 참가했다가 빨리 일어나려고 하는 사람은 시계를 자주 쳐다보는 것만으로도 바쁘다는 것을 주변에 알린다. 입에 손을 대며 조용히 하라는 신호를 보내는 것도 마찬가지다. 이러한 모든 것들이 비언어의 기능들이다.

비언어에는 자세, 몸짓, 표정, 제스처 등 신체언어들이 대표적이다. 신체언어들은 누구에게든 공통적인 의미로 전달되는 것도 있지만, 문화나 환경에 따라 차이가 날 때도 있다. 사회심리학자 알버트 매러비언(Albert Maravian) 교수는 "사람들은 상대방에 대해 호감이 갈 때는 자세가 상대방 정면을 향하고 가까이 가며, 접촉이 늘고 눈 맞춤도 많아지며 표정도 밝아진다."고 했다. 비언어의 모습은 참 다양하다.

인류학자 에드워드 홀(Edward T. Hall)은 사람들이 활용하는 공간과

거리를 통해서도 관계를 나타내는 공간언어를 제시하기도 했다. 그는 상대방과의 거리가 45cm 이내는 친밀한 거리로, 엄마와 아기 또는 애인 간의 거리에 해당한다고 봤다. 45~120cm는 사적 거리로 사교할 수 있는 거리, 120~360cm는 사회적 거리로 사장과 비서, 간부와 부하 간 거리, 360cm 이상은 선생님과 학생, 연사와 청중 간의 거리로 공적 거리라고 했다. 이처럼 공간언어를 통해서도 관계가 상징되고 파악된다.

의상과 장신구도 비언어로써 다양한 메시지를 전달한다. 제복과 정장 차림, 운동화에 반바지 차림은 그 자체로 전달하는 메시지에 차이가 난다. 미국 최초 여성 국무장관을 지낸 울브라이트 전 장관은 중요한 외교 현장에서 자주 특별한 브로치를 달고 나와 '브로치 외교'로 큰 관심을 끌기도 했다.

문제는 비언어 커뮤니케이션이 중요하지만, 너무나 간과하고 있다는 점이다. 원활한 커뮤니케이션이 이뤄지기 위해서는 말도 중요하지만, 비언어의 효과적인 활용과 연구는 더욱 중요하다. 대학에 와서 말하기와 글쓰기 수업을 다시 하고 있는 오늘의 현실을 생각하면 학교교육에서 비언어에 대한 학습까지 기대한다는 것은 무리인지도 모르겠다.

그렇다고 비언어를 각자에게 맡겨 둬서는 안 된다. 비언어도 제대로 학습하고 익혀야 한다. 비언어가 중요한 것은 비언어에 대한 이해보다도 비언어를 때와 장소에 따라 적절하게 활용할 수 있는 능력을 키우는 데 있다. 비언어의 효과적인 활용이 수반되어야만 진정한 소통도 가능해진다.

귀만 열지 말고 다양한 모습을 한 상대방의 비언어를 포착할 수 있게 눈과 감각도 열어야 한다. 효과적인 커뮤니케이션의 비결은 바로 비언어에 있다.

적절한 자아노출도 필요

사람의 관계란 서로 자신을 노출해 가는 과정이라고 해도 틀리지 않는다. 자신을 노출하는 정도나 크기에 따라 관계는 더욱 친밀해질 수도 있고, 아니면 그저 그런 정도에 그칠 수도 있다. 그만큼 자신을 상대방에게 적절하게 고백하고 노출하는 것은 인간관계의 정도를 좌우한다. 소통과 설득 역시도 서로가 자신을 어느 정도 노출함으로써 아는 단계가 되어야 가능해진다. 믿음 또한 그때 비로소 생겨나게 된다.

사회생활에서 맺어진 관계는 겉으로는 친밀해 보이지만, 실제로는 어느 정도 거리가 있고 한계가 있다. 오랜 기간 함께해도 친밀함이 연인과 친구에는 비교가 안 된다. 이것은 결국 자아노출의 정도가 차이가 나면서 서로 공유 영역이 친구나 연인에는 못 미치기 때문이다.

대인관계의 소통이나 갈등을 분석할 때, 자주 인용하는 '요하리의 창 (Johari's Window)'이 있다. 이는 자아를 열린 자아와 눈먼 자아, 감추어 진 자아, 알 수 없는 자아, 이렇게 네 가지 영역으로 나눈다. 상대방과 의 관계에서 어떤 영역의 자아가 어느 정도로 노출되고 또한 교환되고 있느냐로, 커뮤니케이션과 갈등의 정도를 판단하는데 도움이 된다.

열린 자아는 나 자신과 상대방이 모두 알고 있는 혹은 쉽게 알 수 있 는 외모나 말과 행동, 이력, 취미 등이 여기에 포함된다. 열린 정보들이 다. 처음엔 좁지만 만남이 거듭되면서 점차 이 영역은 확장된다.

눈먼 자아는 상대방은 알고 있으나 정작 자신은 알지 못하고 있는 자신의 모습이다. 예를 들어, 스스로는 외향적이라고 생각하는데 가까 운 친구는 오히려 내성적인 성격이라고 생각하고 있는 경우와도 같다.

감추어진 자아는 남에게 숨기고 싶은 나의 모습이다. 예컨대 자신의 단점이나 과오, 학력이나 수입 등과 같은 개인 신상이나 사생활에 관한 정보 등이다. 누구에게나 감추어진 자아는 존재한다. 그러나 숨기고 싶은 자아가 많으면 많을수록 대인관계는 한계가 있고, 더 이상의 진전 도 기대하기 어렵다. 사회에서의 관계는 대부분 감춘 자아가 많다.

마지막으로 알 수 없는 자아는 나도 모르고 상대방도 알지 못하는 자신의 모습이다. 드러나지 않는 자질이나 개성, 성향 등 무의식적인 부분이 여기에 해당된다. 이러한 부분은 자신의 내면에 존재하지만, 겉으로 드러나지 않고 의식할 수 없으며, 상대방도 알 수 없는 부분 이다.

이처럼 자신의 모습도 여러 영역으로 나눠 볼 수 있다. 자신이나 상 대가 서로 잘 알고 있는 영역도 있지만, 잘못 알거나 모르는 부분도 많 다. 서로가 적절한 자아 노출을 통해 각자 몰랐던 부분을 발견하고 이 해해 가면서 공유하는 부분이 많아지면 그만큼 소통은 더 원활해진다.

아무리 오래된 사이이고, 말로는 더없이 가깝고 친한 사이라고 하더 라도 눈먼 자아나 감추어진 자아가 많으면 소통에는 한계가 있다. 때 문에 이들 관계에서는 서로가 잘 안다고 하면서도 사소한 말 한마디나 행동으로도 언제든 오해를 낳거나 심각한 갈등을 불러올 수도 있다.

결국 관계는 상대방에게 받은 것 이상으로 주어야 점점 더 원활해지 고 깊어진다. 나의 숨겨진 부분도 그만큼 내놓아야 하고, 때로는 솔직 한 고백도 필요하다. 그렇지 않으면 관계는 더 이상 진전되지 않는다.

정보의 홍수 시대에 살고 있고, 누구나 거의 실시간으로 소통할 수 있는 편리한 환경에 있지만, 갈등과 반목은 오히려 늘어만 가는 현실이 다. 하루아침에 남이 되거나 끔찍한 사고 당사자로 돌변하기도 한다. 남의 모든 것은 궁금해하면서도 정작 자신은 더 감추고 숨기려고만 하는 때문은 아닐까. 진솔한 자기 고백이 부재한 시대여서 그럴까. 더 많은 자아 노출, 즉 진정한 고백이 필요한 지금인지도 모르겠다.

논쟁에서 이기지 마라

우연히 영업의 달인이 쓴 책을 보다가 '논쟁에서 이기지 말라'는 말이 눈에 들어왔다. 영업현장은 전쟁터처럼 치열하다. 그러나 이런 상황에서도 상대방과 크고 작은 어떤 것이든 논쟁을 하지 말라는 것이다. 더욱이 논쟁에서 이기는 것은 바보짓이나 다름없다고 강하게 경고했다.

영업전략상 처세에 관한 이야기들이기 때문에 새겨서 들어야겠지만, 그 말속에는 중요한 의미가 포함돼 있다고 본다. 우선 승자에게 아무 실익이 없는 반면, 패자에게는 상처가 남는다. 이긴 사람에게 아무 소득도 없으면서 진 사람에게만 자존심 훼손과 불쾌감 등 많은 상처만 남게 하는 것이 결국 논쟁인 셈이다. 하면 할수록 손해 보는 사람만 생겨나는 게임이다. 한마디로 논쟁은 별무소득에 마음 상하는 사람만 남기에 할 필요가 없다.

논쟁을 하다 보면 괜히 말이 서로 꼬리를 잡고 결국 감정이 이입된다. 그러다 보면 금세 다툼으로 번지기도 한다. 어느 정도 선에서 서로가 자제하고 끝을 내면 더 이상의 문제는 없지만, 선을 넘게 되면 예상치 못한 큰 다툼과 분란으로 빠져들곤 한다. 평소 참아왔던 말들이 오가고, 결국 하지 말아야 할 막말까지 내뱉게 되면 고소장을 들고 수사기관을 찾는 일도 생긴다.

명예를 훼손당했다느니, 모욕을 당했다느니 하는 경우가 바로 그런 것들이다. 서로 물러서지 않고 자기주장을 내세우거나 불필요한 시시비비를 끝까지 가리려다가 감정이 선을 넘고, 자존심에 상처를 입게 되는 경우들이다.

이처럼 큰 다툼까지는 가지 않더라도 얼굴을 붉히며 언쟁을 벌이는 경우는 일상에서도 비일비재다. 서로 자신이 더 보편타당하고 합리적이라는 착각에 빠져 경청은커녕 상대를 설득하고 고치려 드니 접점이 잘 보일 리 없다. 결국은 대부분 어색한 분위기로 끝을 맺게 되고 괜히 마음만 상하게 된다.

그래서 데일 카네기는 "언쟁은 피하는 것이 최상책"이라고 말한다. 그는 "언쟁에서 이기면 당신은 기분이 좋을지 모르지만, 상대방은 열등감을 느끼고 자존감에 상처를 입어 당신의 승리를 혐오할 것이다. 그리고 자신의 의사와 반대로 설득을 당한 사람은 끝까지 자신의 의견을 지키게 된다."고 했다. 언쟁은 패자만 있을 뿐, 누구도 승자가 될 수가 없는 마이너스 게임이란 얘기다.

매사가 그렇지만 언쟁도 자주 유발하는 사람이 있고, 그런 상황에 더 쉽게 빠져드는 사람도 있다. 물론 이들은 성격이나 성정이 특별해서 그럴 수도 있겠지만 대부분은 착각이나 무지, 배려심과 인내심 부족 때문이다.

자신의 주장을 상대가 수긍하고 동조해 주면 좋겠지만, 늘 바람대로 되지만은 않는 것 또한 현실이다. 이런 것을 서로 이해하고 다름과 차이를 인정하게 되면 언쟁은 생길 수가 없다. 그러나 거기에 그치지 않고 '당신이 틀렸고 잘못됐다.'고 지적하게 되면 그때부터는 복잡해진다. 그 순간부터는 토론이나 논쟁은 선을 넘게 되고, 대화는 바로 언쟁이 되고 다툼이 되고 만다.

논쟁과 언쟁은 비슷해 보이지만 둘은 엄연히 다르다. 논쟁은 서로 다른 견해를 가진 사람들이 말로 옳고 그름을 따지는 것으로, 참가자들을 설득하거나 이해시키는 것이 목적이다. 그러나 언쟁은 두 사람이 마주해 벌이는 설전, 그야말로 말싸움이자 말다툼이다. 설득이 목적이 아니라 오히려 상대를 압도하거나 굴복시키는 것이 목표가 된다.

논쟁은 또한 주제가 있고, 전개과정에서 공정성과 정당성을 갖도록 서로가 지켜야 할 규칙도 있다. 언쟁은 그런 것도 없다. 그래서 언쟁은 피하고 삼가야 된다. 토론과 논쟁도 선을 넘어서는 안 된다. 특히 상대를 굳이 이길 필요는 없다. 상대의 잘못이나 흠을 알았더라도 그것을 확인까지 할 필요는 더더욱 없다. 상대방의 주장이나 논거가 무엇인지 알았다면 적당히 정리하고 마무리하는 게 말 잘하는 사람이요, 분별 있는 사람의 사는 법이다.

사실 대부분의 논쟁이나 언쟁은 지나고 보면 '달팽이 뿔 위에서 티격태격(蝸角之爭)'인 정도에 불과하다. 말싸움을 하려고 드는 사람이나 논쟁에서 이기려고 드는 사람이 있다면 바로 져주는 것이 곧 이기는 법이다.

부대심청한(不對心淸閑)

한때 스티븐 코비(Stephen R. Covey)의 '90대 10의 원칙'이 회자된 적이 있다. 이 원칙의 골자는 각자의 인생에서 10%는 어쩔 수 없이 일어난 일들의 결과이지만, 나머지 90%는 일어난 일에 대해 스스로의 반응에 따라 결정된 결과란 것이다. 커피숍에서 종업원이 실수로 손님의 정장에 커피를 쏟았을 때, 그 일은 바꿀 수가 없다. 그러나 손님의 반응은 손님의 선택에 따라 달라질 수 있다. 결국 우리의 인생에서 10%는 통제하지 못하는 일들로 채워지지만, 나머지 90%는 각자의 선택에 따라 통제 가능하다는 얘기다.

상대방이 하는 말도 마찬가지다. 기분 좋은 말이든, 언짢은 말이든 자신에게 전해지는 말에 대해 어떻게 반응하느냐는 전적으로 각자의 몫이다. 무관심하게 반응할 것인지, 너그럽게 반응할 것인지, 아니면 기분이나 감정을 넣어 '리액션' 할 것인지는 각자의 선택이다. 저마다 평소 태도나 생각하는 방식에 따라 반응 또한 제각각이 될 것이다.

결국 똑같은 말에도 어떤 반응을 하느냐에 따라 대화의 상황은 여러 모습으로 달라진다. 대부분은 일상의 주고받는 평범한 말로 지나가게 되지만, 상대방이 특별한 반응을 한다면 때론 짧은 한마디, 한 단어가 심각한 다툼이나 갈등으로 비화하기도 한다. 그만큼 대화에서는 상대가 하는 말에 반응을 어떻게 하느냐에 따라 대화의 상황이 여러 모습으로 달라질 수도 있다.

흔히 우리는 대화로 인한 문제가 생기면 말한 사람에게 모든 책임을 돌리곤 한다. 그러나 자세히 들여다보면 문제가 일어나는 과정에는 듣는 사람의 반응으로 인해 문제가 불거진 것도 많다. 듣는 사람의 특별한 반응이나 태도, 모습들로 인해 문제가 생겨났지만 책임은 말한 사람에게 전적으로 돌아가곤 한다.

자신을 향한 어떤 안 좋은 말, 언짢은 말을 들었을 때, 반응은 크게 세 가지로 예상할 수 있다. 하나는 무시하는 것이고, 또 하나는 별일 아닌 듯 받아들이는 것이다. 마지막으로는 얼굴을 붉히며 화를 내거나 반박하며 맞서는 것이다.

어떤 반응을 선택할 것인지는 당사자의 여러 가지 여건이나 환경, 관계나 상황, 입장에 따라 제각각 달라진다. 문제가 되는 것은 역시 화를 내며 반박하거나 맞서는 것이다. 우선은 속이 시원할지 모르지만, 결론적으로 도움이 안 될 뿐만 아니라 아무런 이익이 없다. 오히려 엎질러진 물처럼 수습만 난감해지기도 하고, 예상치 못한 심각한 후유증을 낳을 수도 있다. 반응에 따라 결과가 천차만별로 달라지는 것이다.

결국 싫은 소리나 언짢은 말을 들었을 때, 순간을 참고 넘어가는 것이 최상책이다. 무심히 흘리거나 차라리 침묵을 선택하는 편이 훨씬 더 낫다. 버럭 화를 내거나, 고함을 치거나 거친 말을 쏟아내면 결과는 복잡해진다. 그때부터는 화를 내는 사람만 점점 어려운 상황으로 빠져든다.

운전 중에 누가 갑작스레 끼어들기를 할 때도, 기차가 연착했을 때도, 부하 직원이 회의에 지각했을 때도 마찬가지다. 화를 낼 것인가, 아니면 참고 지나치거나 오히려 웃으며 넘길 것인가는 각자의 선택이다. 분명한 것은, 고수들은 그 순간 무표정이거나 무심한 듯할지언정 적어도 화를 내지는 않는다는 것이다.

성경에도 "악을 악으로, 욕을 욕으로 갚지 말고 도리어 복을 빌라"(베드로전서 3장 9절)고 했다. 곤란하고 난처할 때는 소이부답(笑而不答)으로, 그저 웃으며 답을 하지 않는 편이 훨씬 더 낫다. 부대심청한(不對心淸閑)이라고도 했다. 상대하여 대꾸하지 않으면 오히려 마음이 맑고 한가로워진다는 뜻이다.

담벼락에도 귀가 있다

대통령을 포함한 유명인들이 주변에 녹음기가 있거나 마이크가 켜진 줄 모르고 혼잣말을 하거나 사담을 나누다가 그것이 포착, 노출돼 논란이 되는 경우가 국내외적으로 자주 있다. 이른바 핫 마이크(hot mic) 논란이다. 윤석열 대통령과 미국 바이든 대통령 등도 핫 마이크 논란으로 시끄러운 적이 있다.

흔히 말은 부족해서가 아니라 많고 넘쳐나서 문제가 된다. 이런 위험을 피해 가려면 어떻게든 말은 적게 하고 줄이는 것이 방법이다. 지금은 누구라도 혼자 말조차 함부로 할 수가 없는 세상이다. 사담이나 독백이라고 예외가 되거나 면책이 되는 것도 아니다.

사회적으로 지도자나 공인에 속하는 사람에게는 늘 마이크가 켜져 있고, 하는 말들은 녹음되고 녹화된다고 생각해야 된다. 전화통화는 거의 녹음되고 있다고 생각하고 대화를 나눠야 되고, 어디를 가든 자신이 카메라에 잡히고 있다고 생각해야 된다. 이것은 과장이 아니라 실제다.

'낮말은 새가 듣고 밤말은 쥐가 듣는다.'는 말이 현실인 세상이다. 이제는 낮말과 밤말이 따로 있을 수 없고, 새나 쥐뿐만이 아니라 모든 이들의 귀가 24시간 열려있다고 보면 된다. 그래서 아무도 없는 곳이라 생각하고 험담을 하거나 이런저런 사실들을 털어놓았다가는 큰 코를 다친다.

듣는 사람이 별로 없고 모두가 '내 편'이라고 생각하고 쉽게 내뱉는 말 또한 위험하기 짝이 없다. 수년이 지난 뒤, "어느 유명인의 부적절한 말"이라며 그 말이 담긴 녹음파일이 불쑥 대중에게 공개되기도 한다. 이런 경우 당사자들은 거의 무방비 상태로 당할 수밖에 없다. 이러한 예는 국내외적으로도 부지기수다.

'이속우원(耳屬于垣)'이란 경구도 바로 그것을 말하고 있다. 아무도 없는 곳이라고 혼자 말을 하면 담벼락에 달린 귀가 그 말을 듣는다는 의미다. 영어권의 '주전자에도 귀가 있다(Pitchers have ears).'는 속담 역시 같은 뜻이다. 식탁에 둔 물 주전자의 손잡이가 사람의 귀를 닮았다고 해서 만들어진 속담이다.

이러한 경구들은 결국 '말조심'을 일깨운다. 아무도 없는 곳이라고 해서, 또는 듣는 사람이 없다고 생각해 다른 사람에 대한 험담이나 뒷얘기, 격에 맞지 않는 말들을 늘어놓았다간 생각지도 못한 곤란한 상황에 빠져들 수도 있다. 예전에는 말실수 정도는 잡아떼면 넘어갈 수도 있었지만, 지금은 전혀 딴판이다. 녹음과 사진 파일이 있고, 실수에 대한 관용도 기대하기 어려운 세상이다.

결국 적절한 말, 필요한 말을 하기 위해서는 말수를 줄이는 것이 상책이다. 말의 질은 양과 반비례다. 누구라도 말이 많아지다 보면 쓸 말이 적어지고, 헛말이나 실언을 하는 등 질이 떨어질 수밖에 없다. 글은 잘못되면 수십 번이라도 고칠 수 있지만, 말은 고칠 수가 없다. 말은 입에서 나오면 고치기는커녕 붙잡을 수도, 지울 수도 없다. '세 번 생각하고 말하라(三思一言)'는 경구를 행할 수는 없더라도 한 번쯤은 생각하고 말하는 것이 최선의 방책이다.

논어에서도 말의 중요성과 함께 꼭 필요한 말의 가치를 강조하고 있다. '말을 해야 할 때 하지 않음으로써 아까운 사람을 놓치게 되고(可與言而不與之言失人)', '말을 해서는 안 되는 때에 잘못 말하면 헛소리가 된다(不可與言而與之言失言).'고 일깨우고 있다. 사람을 잃지도 않고, 말도 잃지 않으려면 평소 말을 줄이고 매사 생각하며 말하는 수밖에 없다. 오늘도 벽에 달린 많은 귀들이 누군가의 부적절한 말 한마디라도 듣기 위해 귀를 쫑긋 세우고 있다.

혼잣말은 위험하다

혼잣말은 위험하다. 감춰둔 속내가 드러나기 때문이다. 혼잣말 가운데 최고를 하나 고르라고 하면 17세기 지동설을 주장한 갈릴레이의 "그래도 지구는 돈다."를 꼽고 싶다. 진리의 말이었지만 목숨을 건 혼잣말이었기 때문이다.

갈릴레이는 당시 모든 사람들이 믿고 있던 천동설을 부정하고 태양이 우주의 중심이라는 지동설을 설파했다가 종교재판에 회부되었다. 심한 고문 끝에 무기징역에서 가택연금으로 감형되긴 했으나, 그는 풀려나면서 "그래도 지구는 돈다."라고 혼자 중얼거렸다고 전해진다. 자칫하면 다시 감옥으로 갈 수도 있는 위험한 혼잣말을 한 셈이다.

물론 이 유명한 갈릴레이의 혼잣말은 과학과 진리를 향한 문학적 수

사일 수도 있다. 실제로 그가 그런 혼잣말을 했는지는 알 수 없다. 그러나 그 혼잣말의 함축이나 울림은 지금까지도 어떤 웅변이나 주장과도 비교가 안 될 정도로 강한 힘을 지닌다.

문제는 그와 같은 위대한 혼잣말이 아니라 일상에서 자주 접하는 혼잣말들이다. 혼잣말은 '남이 듣거나 말거나 상관없이 자기 혼자서 중얼거리는 말'로 규정하고 있으나, 내용을 자세히 따져보면 크게 두 가지 유형으로 나눌 수 있겠다.

하나는 자신도 모르게 불쑥 입에서 나오는 혼잣말이고, 또 하나는 혼잣말 형식을 빌려 자신의 생각이나 뜻을 전하는 이른바 유사 혼잣말이다. 둘 다 상대든, 제3자든 주변에 누군가 듣는 사람이 있을 수도 있다. 전자는 의도가 있는 것이 아니어서 별문제가 되지 않는 데 비해, 후자가 자주 분란과 갈등의 원인이 된다.

후자는 우선 의도적인지 아닌지가 분명하지 않은 데다 내용에는 아픈 가시와 독기 같은 것들이 은근슬쩍 끼워져 있거나 감추어져 있다. 형식도 혼잣말 모습을 하곤 있지만, 주변 상황들을 보면 도저히 혼잣말로 넘길 수가 없다. 이러한 혼잣말 때문에 많은 문제들이 생겨난다.

직장이나 사무실, 가정에서도 마찬가지다. 들릴락 말락 하는 누군가의 이런 혼잣말 때문에 언쟁이 다시 불붙기도 하고, 또 다른 국면으로 싸움이 번지기도 한다. 부부싸움의 원인도 혼잣말이 자주 빌미가 되기도 한다. 티격태격하다가 어느 한쪽에서 속에 있는 하고 싶은 말을 혼잣말처럼 내뱉게 되면 그때부터는 그 혼잣말 때문에 큰 싸움으로 번진다.

"방금 뭐라고 했어!", "지금 그게 무슨 소립니까!", "뭐가 어쩌고 어째!", "다시 한번 말해 봐!" 하면서 흥분하게 만드는 것이 혼잣말들이다. 중얼거리듯 하는 혼잣말만 안 했어도 아무 문제 없이 끝났을 일들이, 괜히 지나가며 툭 던진 혼잣말 때문에 후폭풍이 거세게 일어난다.

어쩔 수 없이 하는 혼잣말이야 누구든 이해를 한다. 그러나 혼자 하는 말처럼 하면서 속내를 드러내는 혼잣말은 상대가 그냥 지나치기가 어렵다. 따지고 보면 모든 혼잣말은 할 필요가 없는 말이고 비겁한 말이다. 상대방의 반발이나 반격을 피해 가기 위한 꼼수가 숨어 있다. 형식도, 모습도 보기가 좋지 않다. 특히 혼잣말 속에는 냉소나 비꼼, 비하, 비난이 포함되기 일쑤여서 듣는 사람이 정색을 하며 문제 삼으면 꼼짝없이 고개를 숙여야 하는 경우가 많다.

그래서 모든 혼잣말은 불필요하고, 어떤 혼잣말도 위험하다. 혼잣말보다는 차라리 대놓고 하는 말이 낫고, 그것보다는 침묵이 백배 더 낫다. 혼잣말도 자주 하다 보면 버릇이 된다. 어디를 가든 구시렁거리는 사람이 자주 구시렁거리고, 이런저런 혼잣말도 하던 사람이 더 자주 하는 것을 보게 된다.

혼잣말은 순간이다. 무조건 그 순간을 참고 안 하는 것이 맞다. 불과 몇 초만 넘기면 된다. 혼잣말이 막 나오려고 할 때는 차라리 벽을 한 번 쳐다보면 어떨까. 숨을 크게 한 번 들이키면 어떨까.

유머를 통한 여백과 품격

"신사는 우산과 유머(Humor)를 가지고 다녀야 한다."는 영국 속담이 있다. 영국은 비 오는 날이 많아 일상에서 우산은 당연히 필수품이다. 유머는 필수품 우산 이상으로 필요하고도 중요하다는 것이 속담이 품은 의미다.

유머는 인간관계를 원활하게 하고 삶의 생기를 주며 활력소가 되어 준다. 또, 유머는 삶의 여유와 여백이기도 해서 대화나 소통을 활성화하고, 상대방과의 관계를 돈독하게 한다. 유머가 더없이 중요하고 필요한 까닭이다.

문제는 지금 주변에서 유머가 통째로 사라져 가고 있다는 것이다. 어디를 가든 유머는 고사하고 한 줌 말의 여유조차 찾아볼 수가 없다.

오로지 경쟁과 대립, 승부욕으로 가득 찬 말들만 오간다. 서로 정색을 하며 핏대를 올리고, 악을 쓰며 두 눈을 부릅뜬 모습들이다. 상대방의 흠이나 잘못을 찾아내기 위해 혈안이 된 얼굴로 마치 경쟁이라도 하듯 온갖 독설들을 마구 쏟아낸다. 저열하다.

치열한 진영 대결이 이어지는 여야 정치권의 갈등을 보면 서로 상대를 굴복과 궤멸의 대상으로 여기고 있는 듯하다. 적을 대하듯 오로지 상대방을 압도하고 무력화시키기 위한 말 전쟁이 이어진다. 현안이나 민생보다는 상대의 약점을 노리는 막말들만 난무한다. 유머나 여유는 커녕 작은 여백이나 빈틈 하나 찾아볼 수 없는 대치국면이 이어져 말은 점점 더 삭막해지는 느낌이다.

"정치권이 과거에는 그래도 싸우면서도 서로가 넘지 않는 선은 지켰어요. 지도자들 간에도 공방을 하면서도 때론 유머를 보여주기도 했는데 이제는 완전 막장이에요"

정치권을 바라보는 시선은 차고 냉담하다. 타협이나 양보는 기대조차 할 수 없는 각박하기만 한 현실에 대해 개탄의 목소리가 이어진다.

유머나 말의 여백이 사라지면서 사회분위기도 갈수록 경직되고, 갈등과 대립이 양산되는 모습이다. 이해와 포용이 사라지면서 인간관계는 물론, 설득이나 공감도 점점 어려워지고 있다. 사회 분위기 전반에서 여유를 되찾고 여백과 빈틈을 만들어 갈 수는 없을까. 더 유연하고 부드러운 말로 포용과 이해를 확대시켜 나갈 수는 없을까. 결국 유머를 되찾아야 여백과 빈틈도 생겨나게 된다.

　고대 페르시아 장인들은 결점 하나 없는 완벽한 최고급 카펫을 짤 수 있지만 일부러 구석에 작은 홈 하나를 남겼다. 이를 '페르시아의 홈'이라고 했다. 또, 인디언들은 구슬로 목걸이를 만들 때 깨진 구슬 하나를 일부러 함께 꿰어 넣었다. 이 깨진 구슬을 '영혼의 구슬'이라고 불렀다. 이것은 결국 인간적인 겸손함, 빈틈을 스스로 인정하고 여백을 만들어가고자 하는 것이었다.

　유머는 바로 '페르시아의 홈'이나 '영혼의 구슬'과도 같은 여백이며 빈틈이다. 이러한 여백이 곧 소통과 공감의 촉매와 윤활유가 된다. 상대방에 대한 이해와 관용, 포용들도 결국 유머를 통해 그 길을 찾고, 희망을 찾을 수 있다.

　심리학 연구결과를 동원하지 않더라도 누구나 완벽한 사람보다는 어딘가에 여유와 빈틈이 있는 사람에게 인간미나 매력을 느끼게 된다. 강한 나무는 태풍에 꺾이거나 부러지지만, 갈대와 풀은 여간해선 부러지지 않는다. 블록 담은 강풍을 못 견뎌 넘어지기도 하지만, 틈이 있는 돌담은 태풍에도 문제가 없다. 결국 유연함과 여백이 힘이기 때문이다. 유머가 바로 그런 여백과 품격이다.

한때는 활동적인 사람이면 누구나 유머 한두 개 정도는 외우고 다녀야 할 정도로 유머가 인기를 끌었다. 그때 '아재개그'는 얼굴도 못 내밀 정도로 동서고금의 유머들이 총망라되었고, 종류도 풍부하고 다양했다. 유머가 대풍을 이룬 시대였다고나 할까.

유머가 사라진 삭막한 지금은 그 흔한 아재개그 하나조차 들을 수가 없다. 그 많던 유머가 다 어디로 사라진 것인가. 유머의 실종이 위험해 보인다. 하루빨리 일상에서 유머를 되찾아야 한다. 그래야만 여유와 품격도 자리할 수 있게 된다.

6장

말이
미래가 되다

36.5도로 말하기

말도 온도가 있다. 한두 마디 말속에도 따뜻함과 차가움이 금방 느껴진다. 따뜻한 말은 상대방이나 주변을 훈훈하게 하지만, 차가운 말은 금세 분위기를 냉랭하게 만든다. 말 온도가 순식간에 전해지고 느껴지는 것을 보면 말의 전도율만큼 빠른 것도 없는 듯하다.

한겨울에 쇠로 된 의자에 앉으면 쇠가 몸의 열을 빠르게 빼앗아 가기 때문에, 차가움으로 잠시도 앉아있기가 힘들다. 그러나 나무 의자에 앉으면 순간은 차갑지만 조금만 지나면 접촉면의 온도가 올라가 차가움을 별로 느끼지 못한다. 쇠와 나무의 열전도율 차이 때문에 생기는 현상이다. 열역학 법칙에 따르면, 열도 물처럼 높은 곳에서 낮은 곳으로 흐른다. 열이 흘러간다는 것은 열을 빼앗기는 것이기 때문에, 온도가 높은 쪽에서는 그 순간 서늘함이나 차가움을 느끼게 된다.

말도 그렇다. 같은 온도로 말을 주고받으면 온도 차이를 느끼지 못하지만, 어느 한쪽의 말이 차가운 기운을 띠면 다른 쪽은 금방 그 영향을 받는다. 위로가 되는 따뜻한 말, 칭찬이나 격려가 되는 온기 있는 말도 마찬가지다. 분위기가 금세 달라지고, 좌중의 느낌이 달라진다.

실제로 화기애애하던 사무실 분위기나 모임 자리가 누군가의 차가운 말 한마디로 금세 싸늘해지기도 한다. 늘 상냥하고 부드럽기만 하던 연인이나 친구의 차가운 말 한마디는 절교의 원인이 되기도 한다.

사람들은 작은 온도 차도 실제로는 더 크게 느끼고 반응한다. 목욕탕의 냉탕과 온탕, 열탕의 온도 차는 보통 2~3도에 불과하지만, 냉탕과 열탕은 선뜻 들어가기가 쉽지 않을 정도로 차갑고 뜨겁게 느껴지곤 한다.

말의 온도 차이의 느낌은 그보다 몇 배로 더하다. 대화에서 평소 기대치나 예상치에 미세한 차이만 느껴져도 상대방의 얼굴을 다시 쳐다볼 정도로 말의 온도는 서로에게 예민하게 작용하고 영향을 미친다.

그래서 차가운 말, 가시가 있는 쌀쌀한 말들은 흉기보다 무섭다. 비록 한두 마디에 그치는 짧은 말이라도 이런 말들은 날카로운 파편처럼 상처를 입힌다. 싸늘하게 느껴지는 한두 마디는 관계나 사이를 불편하게 하고 어렵게 하며, 심지어 하루아침에 단절시키기도 한다.

그래서 차가운 말, 냉정한 말은 안 하고 피하고, 들어도 잊고 지워나 가는 것이 상책이다. 그것이 바로 자신의 말 온도를 건강한 사람의 체온처럼 36.5도로 따뜻하게 그리고 일관되게 유지하는 비결이다.

예로부터 사람에게 이롭고 부드러운 말을 '이인지언 난여면서(利人之言 暖如綿絮)'라 했다. 남에게 도움이 되는 좋은 말은 따뜻하고 부드럽기가 솜털이나 무명옷 같다는 의미다. 뿐만 아니라 '다른 사람에게 좋은 말을 해주는 것은 따뜻한 옷과 이불로 감싸주는 것이나 다름없다(與人善言 暖如布帛).'고도 하지 않았던가.

이렇듯 같은 말이라도 늘 따뜻한 옷과 이불처럼 말해주는 사람이 좋다. 따뜻한 곳에 머물고 싶어 하고, 손발이 더 쉽게 가고 자주 가듯이 사람도 온기 있게 말하는 사람에게 더 끌릴 수밖에 없다.

아름답고 고운 말들을 누구보다도 사랑한 시인 이해인 수녀는 남에게 해주는 따뜻하고 좋은 말들이 결국 자신을 키운다고 노래하기도 했다.

'행복하다고 말하는 동안은/ 나도 정말 행복해서/ 마음에 맑은 샘이 흐르고/ 고맙다고 말하는 동안은/ 고마운 마음 새로이 솟아올라/ 내 마음도 더욱 순해지고/ 아름답다고 말하는 동안은/ 나도 잠시 아름다운 사람이 되어/ 마음 한 자락이 환해지고/ 좋은 말이 나를 키우는 걸/ 나는 말하면서/ 다시 알지'(이해인 시 〈나를 키우는 말〉)

좋은 말이란 언제 들어도 온도 차이가 느껴지지 않는 말이다. 누구에게든 건네지면 편하고 부드러운 체온과도 같은 말이다. 그래서 성공한 사람들의 말이 더 부드럽고 온화하게 느껴지는 걸까. 최적의 말 온도는 36.5도이다.

말의 작용과 반작용

말도 작용한 대로 반작용이 일어난다. 작용과 반작용의 법칙은 뉴턴의 3법칙이다. 모든 작용력에 대하여 항상 방향이 반대이고 크기가 같은 반작용의 힘이 따른다는 것이 바로 이 법칙이다. 말도 힘이 되어 상대에게 건네지면 같은 크기와 모양을 한 상대방의 말이 되돌아온다.

그래서 '가는 말이 고와야 오는 말도 곱다.', '뿌린 대로 거두게 된다.'는 말이 있다. 또, '말이 고마우면 비지 사러 갔다가 두부 사온다.', '고운 일 하면 고운 밥 먹는다.', '콩 심은 데 콩 나고 팥 심은 데 팥 난다.'는 말도 있다. 종과득과(種瓜得瓜), 자업자득(自業自得). 인과응보(因果應報)와 같은 말도 마찬가지로 작용과 반작용의 원리를 경험적으로 잘 입증해 주고 있다.

알든 모르든 누구에게나 고운 말을 건네면 좋은 말이 돌아오고, 욕이나 험담을 하면 나쁜 말을 듣게 마련이다. 따뜻하게 말하면 좋은 대화 분위기가 되지만, 화를 내면서 말하면 어떤 자리든 금세 험한 분위기가 되고 만다. 이것은 마치 하나의 원리처럼 늘 같은 방식으로 일어나고 반복된다. 결국 대화에 있어서도 작용과 반작용의 법칙이 어김없이 적용되고 있는 것이다.

'아 해 다르고 어 해 다르다.'라는 말처럼 말이란 어떻게 하느냐에 따라서도 반응은 크게 달라진다. 같은 말이라도 크기나 세기, 높낮이, 빠르기에 따라서도 그 작용이 차이가 나기 때문이다. 호칭 하나에서부터 표정이나 태도 하나하나에 의해서도 말의 색깔은 변화한다. 이처럼 말은 미세한 부분까지 상대에게 작용을 미치고, 그것에 따른 반응도 각각 달라지는 신비한 힘을 지녔다.

〈푸줏간 백정과 양반 이야기〉는 이를 잘 설명해 주고 있다. 백정과 고기를 사러 온 두 양반 사이에 주고받는 짧은 대화를 통해 일상에서 우리가 무심코 하는 말의 작용이 얼마나 대단한지를 일깨워준다.

어느 날 나이 지긋한 백정이 운영하는 장터 푸줏간에 양반 두 사람이 고기를 사러 왔다. 그중 한 양반이 먼저 백정의 이름을 부르며 반말로 "이놈아! 고기 한 근을 다오."라고 했다. 백정은 말없이 고기 한 근을 베어 주었다. 함께 온 다른 양반은 백정이 비록 천한 신분이지만 나이도 많고 해서 이름 대신에 "주인장, 여기 고기 한 근 주시오." 하면서 점잖게 고기를 주문했다. 백정은 고맙다면서 기분 좋게 고기를 잘라 주었다. 그런데 고기 한 근이 앞선 양반의 것보다 갑절이나 될 정도로 많아 보였다.

먼저 고기를 산 양반이 이를 보고는 화가 나, "이놈아! 같은 한 근인데 어째서 이렇게 차이가 나느냐."며 고래고래 소리를 질렀다. 그러자 백정이 정색을 하며 말했다. "손님 고기는 '놈'이 자른 것이고, 이 어른 고기는 '주인장'이 자른 겁니다."라고 하자 양반이 바로 말문을 닫았다.

우리는 상대방에게 어떻게 말하고 대했는지에 대해서는 제대로 기억도 하지 않고, 돌아보려고도 하지 않는다. 오로지 상대방이 한 말이나 태도에만 집착하며 속상해하고 화낼 때가 많다. 개중에는 자신이 한 말은 포장을 하거나 쏙 빼놓고 상대방의 말만 되씹으며 주변에 험담까지 늘어놓는다. 그것으로도 분이 풀리지 않으면 절교라는 파국도 불사한다. '내로남불'을 넘어 뭐 묻은 개가 겨 묻은 개 나무라는 격이다.

말의 작용과 반작용의 원리를 생각한다면 상대방의 반응은 대화 상대인 자신의 말에서 비롯된 것일 수도 있다. 자신이 거슬리게 작용한 때문에 그런 반작용이 나왔을 수 있다. 물론 특별한 성정의 소유자도 있지만, 사람들은 누구나 자신에게 작용이 가해진 대로 반응하게 마련이다. 그렇다면 상대를 탓할 것이 아니라 먼저 자신이 한 말과 태도부터 돌아보는 것이 순서다! 말의 작용과 반작용, 역시 말은 과학이다!

자신의 목소리부터
정확히 알아야

사람의 인상이나 호감을 결정하는데 목소리는 외모만큼 큰 영향을 미친다. 메라비언의 법칙(The Law of Mehrabian)에서도 목소리는 표정이나 태도, 의상 등 시각적 요소(55%) 다음으로 큰 비중(38%)을 차지한다. 목소리의 영향이 엄청나다. 그렇지만 대화나 소통에서 목소리의 중요성은 말하는 자신이 먼저 간과하는 경우가 많다. 심지어 많은 사람들은 자신의 목소리가 어떤지도 모르고 지낼 정도로 목소리에 대해서는 무관심한 편이다.

요즘은 휴대폰으로도 손쉽게 자신의 목소리를 녹음해 들어볼 수도 있지만, 예전에는 제 목소리를 들어볼 기회가 거의 없었다. 이렇다 보니 자신의 목소리가 다른 사람에게 어떻게 들리는지에 대해서는 대부분 무지한 상태였다. 어쩌다 주변으로부터 '목소리가 좋다'는 말을 들으면 그저 그런 줄 알 뿐이었다. 사람들은 각자의 걸음걸이가 어떤지 자신만 모르는 것처럼, 목소리도 혼자만 잘 모를 뿐, 남들은 고유한 목소리의 특징을 너무나 잘 안다.

좋은 목소리는 누구에게나 큰 복이다. 예로부터 관상의 대가들도 목소리에 많은 비중을 두면서 사람을 보고 미래를 점쳤다. 관상가들은 사람의 지문처럼 목소리에도 '성문'(聲紋)이 있다고 하면서 "다른 관상이 아무리 좋아도 목소리 상이 좋지 않으면 완벽한 관상이 되지 못한다."고도 했다. 목소리의 생김새인 동시에 내면이기도 한 성문은 미래의 가능성과 에너지로도 상징되곤 한다. 성문을 통하면 사람마다 성격이나 건강, 나아가 각자의 과거와 현재, 내일까지도 알 수 있다고 믿었다.

관상가들은 성상(聲相), 즉 목소리 관상에서 남자는 울림이 있고 여운을 남기며 멀리 퍼져나가야 좋은 목소리로 보았다. 여성은 은쟁반에 옥구슬처럼 맑고 단단하며 끝이 갈라지지 않아야 좋다고 했다. 또한 귀한 사람의 목소리는 맑으면서도 둥글고 깊이가 있으며 절도가 있어 가식이 없다고 했다.

그러나 평평한 목소리는 감동이 없고 진실이 결여된 경우가 많으며, 빈천한 목소리는 음성이 갈라진다고 했다. 또, 거짓으로 남을 속이며 이기적인 목소리는 가볍고 급하며 탁하고 얇은 듯 메마르다고 했다.

마음을 감추어도 목소리에 그 사람의 기운과 진실성, 이력이 모두 묻어 난다고 보았다.

실제로 TV 사극 드라마만 봐도 왕의 역할을 하는 배우의 목소리는 굵고 우렁차며 울림이 크다. 그러나 내시나 집안 심부름하는 아랫사람의 목소리는 혀끝에서 나오며 목소리도 가늘고 가볍다. 간신이나 배신자, 아첨자 또는 이간하는 나쁜 사람들의 목소리도 모깃소리처럼 앵앵거리거나 간사스럽다.

잠자리에서 막 일어난 사람, 아픈 사람, 큰 걱정이 있는 사람, 기쁜 소식을 막 들은 사람의 목소리는 바로 구별된다. 얼굴을 마주하지 않고 목소리만 들어도 사람과 상태, 마음까지도 알 수 있게 해준다. 결국 목소리가 사람을 나타내고, 하는 일과 됨됨이는 물론 신뢰감, 성실성까지도 가늠하게 한다.

이렇게 본다면 각자의 목소리가 다른 사람에게 어떻게 받아들여지고 느껴지는가를 정확하게 아는 것은 매우 중요하다. 알아야 대처도 할 수 있기 때문이다. 그러나 많은 사람들은 정작 자신의 목소리만 모른 채 지낸다. "내 목소리는 원래 그래!" 또는 "타고난 건데 어쩔 수 없지 뭐!" 하면서 무시하거나 자포자기하기도 한다. 이것만큼 위험하고 어리석은 것도 없다. 목소리도 꾸준히 가다듬고 다듬으면 얼마든지 달라질 수 있기 때문이다.

성량이 부족하면 호흡법을 통해 보완하면 되고, 말의 고저장단이나 속도, 크기나 음색도 정확한 진단을 통해 발성법 등을 하나씩 교정하면 얼마든지 개선할 수가 있다. 또, 언제 어디서나 표준말과 교양 언어를 쓰도록 노력해야 한다. 목소리는 이런 것들을 통해 얼마든지 모습이나 느낌이 달라지게 할 수도 있고, 변화시킬 수도 있다. 문제는 각자 '내 목소리'를 언제 찾아 나서느냐에 있다. 목소리도 우선 정확히 알아야 고칠 수도, 개선할 수도, 발전시킬 수도 있다. 자신의 목소리부터 정확하게 알자.

헐뜯기 경쟁이 아니라
설득 경쟁해야

어떤 선거든 선거 때만 되면 후보들 간의 헐뜯기 경쟁이 치열해진다. 선거는 곧 헐뜯기이고 비방과 폭로인가 하는 착각이 들 정도다. 크게는 여야 진영 간에 서로 견제와 깎아내리기로 시종 난타전이다. 후보들 간에도 미디어나 SNS 공간을 통해 온갖 헐뜯기 공방들로 넘쳐난다.

이른바 후보 검증이라는 이름으로 이뤄지는 이러한 헐뜯기와 비방이 유권자들에게는 이제 너무나 식상하고 짜증스럽다. 마치 몇 번씩이나 돌려본 재미없는 드라마를 억지로 다시 돌려보는 느낌이다.

대선이든, 총선이든 선거전의 전개 양상은 대충 비슷하다. 과정도 충분히 예상이 간다. 처음에는 치열한 폭로전이 시작되면서 헐뜯기가 위험 수위를 넘나든다. 고발과 고소가 이어지고, 이때쯤 선거관리위원회는 허위 비방과 폭로를 엄단하겠다는 으름장을 놓는다. 앞서가는 1, 2위 후보들 간에는 상대 후보의 아킬레스건을 찾기에 안간힘을 쏟는다.

헐뜯기 경쟁이 치열해지면 다소 불리함을 느낀 후보가 먼저 "이 순간부터 일체의 네거티브적 언급은 하지 않겠다,"는 식으로 비방 폭로전 중단을 선언한다. 상대 후보는 적반하장, 자기모순이라는 지적과 함께 "말이 아닌 실천으로 이어지길 바란다."는 식으로 맞받아친다. 비방전은 늘 1위 후보 또는 가장 지지도가 높은 후보에게로 집중되는 양상이다.

비방 폭로의 단골 메뉴는 역시 후보의 과거전력이나 발언, 가족이나 주변에 관한 문제들이다. 후보나 캠프 관계자의 말을 통해 나온 폭로나 비방은 미디어들의 후보에 대한 호불호와 맞물리면서 '단독'이나 '특종'의 이름으로 크게 과장되거나, 반대로 축소되어 전파되기도 한다.

헐뜯기는 한쪽에서 시작하면 상대방은 그 이상의 것으로 만회하거나 보복하려고 하기 때문에, 헐뜯기나 비방의 강도는 터지자마자 급상승한다. 당연히 공세를 가한 쪽에서도 상처를 입을 수밖에 없지만, 후보들은 이러한 네거티브 전투에서만큼은 결코 양보하거나 지지 않으려고 한다.

그것은 자칭 선거전문가들의 '선거에서는 네거티브만 한 효과적인 전략이 없다.'고 여기는 잘못된 믿음 때문이다. 공약이나 정책 홍보보다 상대의 약점을 폭로하는 이른바 '한 방'이 훨씬 더 크게 더 잘 먹힌다는 그릇된 인식 때문이다. 게다가 '유권자들이란 처음에는 믿지 않더라도 계속 그것을 물고 늘어지며 이슈화해 가면 어느 순간부터는 사실인 것으로 받아들이게 돼 있다.'는 잘못된 경험칙과 확신도 한몫을 하고 있다.

정치권과 후보 진영의 이러한 인식과 대응은 유권자들로서는 참으로 어이가 없다. 유권자들은 이제 누구 할 것 없이 정치적 상황인식이나 판단이 빠르고 정확하다. 어떤 폭로나 헐뜯기든 유권자들은 그 배경부터 살핀다. 그것이 누구에 의해 어떻게, 왜 나온 건지 더 먼저 들여다보고 더 깊숙이 파악한다. 그래서 네거티브에 대한 역풍도 늘 살아 있다.

그렇다고 검증을 소홀히 하거나 간과해서는 결코 안 된다. 선거에서 철저한 검증만큼 중요한 것도 없다. 단지 검증이란 이름으로 비방 폭로로만 대부분의 시간을 보낼 수는 없다는 뜻이다. 상대 후보를 흠집 내고 깎아내리기 위한 소모적이고 낭비적인 헐뜯기는 더더욱 끝을 내야 한다.

유권자들의 최종적인 관심은 검증에만 있는 것이 아니라 국가경영을 위한 후보의 꿈과 미래에 쏠려 있다. 또, 그것의 실현가능성과 성공 여부에 모아져 있다. 때문에 선거전도 이제는 말로써 헐뜯기 경쟁만을 일삼아서는 안 된다. 그것을 훌쩍 뛰어넘어 누가 미래를 더 새롭게 하고, 누가 삶을 더 나아지게 할 것인지를 이해시키고 설득하는 경쟁을 해야 한다.

작은 약속도
약속은 지켜져야

정치인들의 '약속'을 이야기할 때마다 자주 떠올리는 일화가 있다. 영국 빅토리아 여왕 시대 총리를 지낸 헨리 파머스턴의 이야기다. 파머스턴은 어느 날 아침 웨스트민스터 다리를 지나가다가 우유를 길에 모두 엎질러 울고 있는 소녀를 발견했다. 소녀는 우유통을 들고 가다가 실수로 길에 떨어뜨려 통이 깨지는 바람에 우유가 길바닥에 모두 엎질러진 것이다.

파머스턴은 그 자리에서 소녀의 눈물을 닦아주며 소녀가 우유를 다시 사 갈 수 있게 돈을 찾았으나, 지갑을 집에 두고 왔다는 것을 알았다. 어쩔 수 없이 그는 다정하게 소녀를 달래주면서 다음 날 아침 그 자리에서 다시 꼭 만나자고 약속을 했다. 울음을 그친 소녀도 고개를 끄덕였다.

다음 날 아침 각료회의를 하던 파머스턴의 머리에 소녀와의 약속이 떠올랐다. 그는 회의를 잠시 중단시키면서 회의장을 빠져나와 어제 약속한 다리로 달려갔다. 막 도착한 소녀에게 그는 약속한 돈을 정성스럽게 건넸다. 그러고는 각료 회의장으로 돌아와 중단되었던 회의를 다시 이어갔다.

앤드루 카네기는 "아무리 보잘것없는 것이라 하더라도 한번 약속한 일은 상대방이 감탄할 정도로 지켜야 한다."고 했다. 사실 약속에는 중요한 약속과 사소한 약속이 따로 없다. 크든 작든 약속은 모두 똑같은 약속이다. 사람의 평판은 오히려 작고 사소한 약속들에 의해 더 쉽게 좌우된다.

조선 정조 때 우의정을 지낸 정홍순의 일화도 회자된다. 정홍순은 비가 올 때 갓 위에 덮어쓰는 갈모를 다른 사람에게 빌려주기 위해 평소 여분으로 하나를 더 가지고 다녔다고 한다. 어느 날 갑자기 비가 내리자, 갈모가 없어 나무 밑으로 피신하는 젊은 선비에게 여분의 갈모를 빌려주었다.

정홍순은 젊은 선비가 사는 마을 어귀까지 함께 걸은 뒤, 집으로 돌아가기 위해 빌려준 갈모를 돌려달라고 했다. 선비는 비가 완전히 그치지도 않았다며 다음 날 집을 찾아가서 돌려줄 테니 하루를 더 빌려달라고 했다. 정홍순은 선비에게 갈모를 하루 더 빌려주었다. 그러나 다음 날은 물론 열흘이 다 되어가도 선비는 갈모를 되돌려 주지 않았고, 결국 갈모는 영영 되돌아오지 않았다.

세월이 20여 년이나 지난 어느 날 호조판서가 되어 있는 정홍순에게 새로 부임한 호조좌랑이 인사를 하기 위해 찾아왔다. 그런데 호조좌랑은 옛날 자신에게 갈모를 빌려 가 영영 되돌려 주지 않았던 바로 그 사람이었다. 그를 알아본 정홍순은 갈모를 떠올리며 "작은 약속 하나 제대로 못 지키는 사람이 백성과의 약속인 나라 살림을 어떻게 공정하게 처리할 수 있다는 말인가!"라며 꾸짖었다. 결국 그는 호조좌랑의 자리도 지키지 못한 채 쫓겨나는 신세가 되고 말았다.

하기야 작은 약속, 사소한 약속을 쉽게 무시하거나 지키지 못하는 사람이 큰 약속, 중요한 약속이라고 잘 지킬 리가 없다. 오히려 보잘것없는 사소한 약속들을 잊지 않고 지키는 사람이 큰 약속도 잘 지킨다. 그래서 흔히들 사람과 약속을 해보면 그 사람의 믿음 정도나 됨됨이까지도 바로 알 수 있게 된다고 말한다. 신뢰는 약속을 지키는 데서 나오고, 믿음은 약속을 지켜가는 데서 쌓이게 된다. 그래서 무신불립(無信不立)이라고 했다. 약속을 저버리면 신뢰를 잃고, 신뢰를 잃으면 그때부터 누구든 일어설 수가 없다.

'사과는 빠르게,
입맞춤은 천천히'

사과는 또 하나의 중요한 설득과정이다. 상대방의 이해와 마음을 얻기 위해서는 사과를 해야 할 때도 있고, 때론 사과를 요구할 때도 있다. 이때 사과는 이해와 공감으로 가는 중요한 분수령이 된다.

중요한 협상에 있어서도 마찬가지다. 사과나 고백이 필요한 순간에 그것을 언제 어떻게 하느냐에 따라 협상의 성공과 실패가 좌우된다. 때문에 설득을 잘하는 사람과 탁월한 협상가는 사과도 잘한다. 그것은 사과를 자주 하고 능숙하게 한다는 뜻이 아니라 때를 놓치지 않는다는 의미다. 또한 늘 진지함과 진정성을 결코 잃지 않는다는 뜻이기도 하다.

실수나 잘못을 변명하거나 숨기지 않고 시인하며 이해와 용서를 구하는 진정 어린 사과는 상상 이상의 힘을 발휘하기도 한다. 비온 뒤에 땅이 더 굳어지듯, 멍들고 찢긴 마음의 상처도 아물게 하고 쌓였던 앙금도 가라앉게 한다. 도저히 해결되지 않을 것만 같던 불신이나 증오도 눈 녹듯 사라지게도 한다.

물론 마지못해하는 사과나 사과 같지도 않은 사과는 문제를 더 악화시키고 독이 된다. 이러한 것들이 바로 사과의 힘이다.

흔히 사과가 문제가 되는 것은 정치인들의 사과이다. 더 이상 변명이 어려운 때이거나 갑자기 여론이 불리하게 나올 때, 정치인들은 사과에 나선다. 그러나 이들의 사과는 사과 시점이나 진정성 여부를 놓고 자주 언론 등의 비판이 이어지며 논란이 되곤 한다.

정치인들의 사과는 주변이나 여론에 떠밀려 하는 경우가 많기 때문에, 논란을 더 자주 불러오게 되는지도 모르겠다. 자발적인 사과는 솔직한 시인과 반성이 묻어나지만, 여론이나 누군가에게 떠밀려 하는 사과는 누가 봐도 변명이거나 형식적일 수밖에 없다.

사과는 소통이고 이해와 공감을 이끌어내기 위한 적극적인 설득과정이다. 그렇다면 어떻게 사과해야 하는지는 자명하다. 타이밍을 놓치고 어쩔 수 없이 하는 사과는 효과를 기대하기 어렵다. 툭하면 사과부터 하는 진정성 없는 사과는 안 하기보다 못하다. 이런 사과는 오히려 불신과 비판, 비난만 더 가중할 뿐이다. 자칫하면 마치 불을 안고 기름에 뛰어들 듯, 비난여론에 불을 지필 수도 있다.

사과는 입으로나 머리로 하는 사과와 가슴으로 하는 사과가 따로 있다. 입으로나 머리로만 하는 사과는 약이 아니라 독이다. 그래서 어떤 사과든 진솔해야 하고 사과다워야 한다. 진정성이 느껴지고 이른바 쿨하게 해야 한다.

또, 사과는 시인하고 반성하는 데만 그쳐서는 안 된다. 잘못에 대한 보상책이나 재발방지를 포함한 앞으로의 계획까지도 포함해야만 사과의 진정성을 느끼게 되고 공감도 불러온다. 중요한 것은 이 모든 것도 결국 때를 놓치면 허사가 되고 만다는 것이다. "사과는 빠르게, 입맞춤은 천천히!"라는 오드리 햅번의 말이 생각난다.

'미안하다'는 말 먼저 하기

몇 해 전 수원에서 병마와 생활고에 시달리던 세 모녀가 함께 세상을 등져 가슴을 아프게 했다. 60대 여성과 40대 두 딸은 방 한 칸에 거실 겸 부엌이 딸린 집에서 월세 40만 원을 주고 함께 지내다가 모두 숨진 채 발견됐다. 이들은 병마에 시달리며 월세도 제대로 못 내는 등 생활고를 겪어온 것으로 알려졌다. 이들이 건물주에게 마지막으로 남긴 말은 "미안하다."였다.

세상의 그늘에서 힘겹게 살다 간 이들이 세상을 향하여 원망하거나 탓하는 말 대신 오히려 '미안하다.'라는 말을 남겼다는 소식에 왠지 가슴이 저미어 왔다. 미안하다는 말은 이처럼 약하고, 소외되고, 어려운 사람들만의 말인가. 패배하고, 실패하고, 힘 있는 사람에게 굴복, 두려움에 떠는 약자들만의 말이던가.

미안하다는 말은 그들이 먼저 해야 하는 말이 아니다. 약자보다는 오히려 힘이 센 사람이, 가난한 이보다는 부자가, 평범한 서민들보다는 이른바 높은 자리에 있거나 이름난 사람, 잘난 사람들이 먼저 말할 수 있어야 한다.

하지만 오늘날 잘나고 힘 있는 사람들에게 미안하다는 말은 인색할 뿐이다. 상대를 위한 말 한마디면 다 풀릴 수 있는 것들이 엉킨 실타 래처럼 꼬여있고, 분노와 앙금만 더해진다. 말 한마디를 못 해 오해와 갈등들만 쌓여간다. "미안하다는 말이 내게는 너무나 힘든 말이에요 (Sorry seems to be the hardest word)."라는 엘튼 존(Elton Jhon)의 노래 가 떠오르기도 한다. 미안하다는 말을 쉽게 하는 사람도 있지만, 그 말 을 어려워하는 사람들이 훨씬 더 많다. 남 탓을 하거나 지적하기는 쉬 워도 자신에게 탓을 돌리기란 그만큼 어렵다.

물론 너무 자주 쉽게 미안하다는 말을 하는 것도 문제지만, 미안하 다는 말을 자존심을 해치는 무슨 큰일이라도 되는 것처럼 생각하는 것 은 더 큰 문제다. 특히 누가 봐도 미안하다는 말을 먼저 해야 할 상황인 데도 아무 일도 없는 듯 못 본 체하거나 피해 가려고 하면 그것은 비겁 함이고 위선이다.

결국 먼저 미안하다고 말하는 사람이 자신을 돌아볼 줄 아는 사람이 고 열린 마음의 소유자다. 긍정적인 쪽을 더 많이 생각하는 사람이며 배려할 줄 아는 사람이다. 이들은 약자이고 패자이기 때문에 '미안하다.'고 말하는 것이 아니라 세상을 더 사랑하고 사람을 더 아끼고 소중히 여기는 때문일 것이다.

버릇처럼 남 탓을 하면서도 정작 상대방을 향해서는 결코 미안하다는 말을 건넬 줄 모르는 사람은 자신을 모르는 사람이고 닫힌 사람이다. 교만함과 아집으로 가득 찬 자신밖에 모르는 사람이다. 그것도 아니면 자신감을 잃고 살아가는 사람이거나 열등감에 사로잡혀 눈치로 사는 사람일 수도 있다.

이들에게는 미안하다는 말을 곧 잘못이나 과오를 인정하는 말로 받아들인다. 또, 미안하다고 말하는 순간, 모든 책임과 비난이 돌아올 수도 있고, 어쩌면 미안하다는 말을 상대가 받아들이지 않을지도 모른다는 두려움도 갖는다. 결국 이러한 인식에 사로잡혀 많은 사람들이 끝까지 미안하다는 말을 못 한다.

미안하다는 말을 해야 할 때는 미루지 말고 분명하게 해야 한다. 때를 놓치면 잃는 것이 훨씬 더 많다. 불안이나 두려움, 걱정에서도 벗어날 수가 없고, 인간관계에서는 한번 멀어진 사이가 더 소원해지거나 영영 끊어질 수도 있다.

미안하다는 말을 먼저 하는 것은 잘못을 면하거나 책임을 피해 가기 위해서가 아니다. 상대를 위하는 배려이고, 사랑이며 용기이다. 나아가 자신을 더욱 아끼고 소중히 하는 일이기도 하다. 더 아끼고 더 사랑하는 사람이 미안하다는 말도 먼저 한다. 영화 러브스토리의 명대사 "사랑은 미안하다는 말을 하지 않는 거야!(Love means never having to say you're sorry!)"는 물론 예외다.

타불라 라사(Tabula rasa)

어린 손자 손녀를 둔 어른들마다 자주 하는 말이 요즘 아이들이 말을 너무 잘한다는 것이다. 초등학교에 갓 입학한 정도의 어린아이가 어른들이 쓰는 말이나 표현들도 자주 한다는 것이다. 그때마다 놀라기도 하지만, 한편으론 나쁜 말들에 일찍 오염될까 봐 걱정이라고 말한다.

어른과 아이의 말이 따로 정해져 있는 것이 아니기에, 아이가 어른들이 쓰는 말과 표현들을 한다고 해서 사실 놀랄 일은 아니다. 나쁜 말이 아닌 이상 그것이 잘못되거나 틀린 것도 물론 아니다. 그러나 아이들의 말을 자주 접하지 못한 어른들로서는 놀란 눈을 할 수밖에 없다.

아이들은 태어나면서부터 부모나 형제, 이웃, 친구들과 소통하며 말과 표현들을 배우고 익혀나간다. 물론 책과 TV, 컴퓨터 등 매체를 통하기도 하지만, 각자의 말과 표현은 주변 환경이나 여건의 영향이 거의 절대적이다. 태어난 지역에 따라 말의 억양까지 다른 것도 바로 그 때문이다.

요즘 아이들의 말이 달라졌다고 하는 것은 아이들을 둘러싼 환경이나 여건이 그만큼 달라졌다는 얘기이기도 하다. 각종 미디어는 예전과는 비교가 안 될 정도로 크게 늘어났다. 특히 소통과 정보전달의 매개로써 스마트폰은 없는 사람이 없고, 다양한 형태의 SNS는 일상이 된 지 이미 오래다. 이런 환경에서 아이들은 말과 표현들을 배우고 있다.

백지상태나 다름없는 아이에게 주입되는 여러 형태의 말과 표현들은 그것이 좋다, 나쁘다를 구별하기도 전에 마치 스펀지가 물을 흡수하듯 주어지는 대로 빨아들이게 된다. 때문에 좋은 언어 환경에 둘러싸인 아이와 그 반대 상황에 놓인 아이의 말은 차이가 크게 날 수밖에 없다.

눈만 뜨면 거칠고 나쁜 말들이 난무하는 환경에 노출된 아이들의 말은 심각한 문제를 낳을 수밖에 없다. 뜻도 모르는 욕이나 비속어들을 어디에서든 입에 달고 사는 아이들이 바로 그런 경우에 해당한다고 하겠다.

아이들의 언어 세계에는 어른들이나 주변 사람들의 말이 선명한 기호처럼 매일매일 새겨지고 그려진다. 그래서 아이의 말은 시간이 갈수록 점점 주변을 닮아간다. 그러고 보면 아이들이 현재 쓰고 있는 말이나 표현들은 부모나 주변 사람들의 말 모습이라 해도 결코 틀리지 않는다.

대구에 있는 계명대 본관 2층 계단을 오르면 눈길을 사로잡는 백지 상태의 큼직한 액자를 마주한다. 아무것도 그려져 있지 않은 흰색의 텅 빈 액자 아래에는 '타불라 라사(Tabula rasa)'와 함께 '우리가 얼굴을 가질 때까지'라고 적혀 있다. 갈 때마다 액자 앞에서 발걸음을 멈추게 된다.

'타불라 라사'는 라틴어로 '깨끗한 석판'이나 '빈 서판'을 뜻한다. 영국의 사상가 존 로크는 그의 첫 번째 저서 《인간오성론》에서 타불라 라사의 원리로 '백지(white paper)'라는 개념을 도입했다. 즉, 인간은 생각을 갖고 태어나는 것이 아니며 정신이 비어 있는 상태로 태어나고, 지식은 이후 크고 자라면서 다양한 경험들을 통해 얻고 채워간다는 것이다.

아이는 태어나면서 엄마의 음성을 가장 먼저 듣고 부모나 가족의 모습부터 보게 된다. 아이가 처음 듣고 본 말과 모습은 아이의 뇌리와 가슴에 새겨지는 첫 번째 지식이며 타불라 라사를 채우는 첫 그림이다.

각자의 '빈 서판'이 결국 주변의 영향으로 채워져 가듯, 아이의 언어 세계를 좌우하는 것 역시 부모 형제나 가까운 주변 사람들이다. 아이의 말이 갈수록 똑똑해 지거나 반대로 점점 거칠고 나빠진다면 그것은 아이를 둘러싼 주변이 그러한 모습을 하고 있다는 의미다. 아이의 말은 곧 주변을 비추는 거울이다. 아이들의 말을 통해 주변의 말을 돌아보게 된다.

'말 무덤(言塚)'의
의미 떠올려야

경북 예천군 지보면 대죽리에 있는 말 무덤은 이제 전국적으로 유명한 명소이다. 유래나 의미를 알고 무덤을 직접 찾아오는 이들도 적지 않다. 말 무덤이라고 해서 말(馬)을 떠올리면 큰 오산이다. 경북 구미시 해평면과 산동면에 있는 의구총(義狗塚)과 의우총(義牛塚)을 생각하며 말(馬)을 떠올리는 이들도 있지만 전혀 아니다. 말 무덤의 '말'은 말(馬)이 아니라 말(言)이다. 사람이 매일같이 하는 말을 땅에 묻은 무덤 이른바 언총(言塚)이다.

말 무덤 앞에는 무덤의 유래도 설명해 놓고 있다. 오백여 년 전 이곳 마을에는 여러 성씨들이 함께 모여 살았는데 사소한 말 한마디가 씨앗이 되어 문중 간에 싸움이 그칠 날이 없었다고 한다. 마을 이른들이 처방을 찾느라 고민하던 중 지나가던 한 나그네가 비책을 일러주었다.

내용인즉, 마을을 둘러싸고 있는 산이 개가 송곳니를 드러내고 짖는 모습과 닮아 말싸움이 잦은 것이니, 개가 짖지 못하도록 말 무덤을 만들어보라는 것이었다.

마을 사람들은 개의 송곳니와 앞니에 해당하는 곳을 찾아 그곳에 개가 짖지 못하도록 여러 개의 재갈바위를 세웠다. 그러고는 마을 사람들 모두 사발 하나씩을 가져와 싸움의 발단이 된 말썽 많은 말들을 모두 사발에 뱉어 담아 개 주둥이에 해당하는 산언저리에 구덩이를 파고 묻었다. 이때부터 마을에서는 말로 인한 싸움이 감쪽같이 사라지고 평온이 찾아왔다고 한다. 말로 비롯된 온갖 불화와 갈등들을 말 무덤으로 단숨에 해결해 낸 조상들의 지혜에 고개가 숙여진다.

말 무덤으로 가는 길목의 크고 작은 자연석에는 말에 관한 주옥같은 격언들이 새겨져 있다. 말에 관한 경구들이 이곳에 다 모였다고 해도 과언이 아닐 정도로 많다. 말의 소중함을 알리기 위해 누군가 힘들여 바위마다 글귀를 새긴 간절함들을 생각하면 저절로 발걸음이 멈춰진다.

"화살은 쏘고 주워도 말은 하고 못 줍는다/ 말이 씨가 된다/ 말이란 아 다르고 어 다르다/ 입에 쓴 약이 병에는 좋다/ 혀 밑에 죽을 말이 있다/ 말 뒤에는 말이 있다/ 말 잘하고 징역 가랴/ 웃느라 한 말에 초상난다/ 길이 아니면 가지 말고 말 아니면 듣지 마라/ 세 살 먹은 아이 말도 귀담아들으랬다/ 말 안 하면 귀신도 모른다/ 입은 비뚤어져도 말은 바로 해라/ 고기는 씹어야 맛이고 말은 해야 맛이랴/ 귀는 크게 열고 입은 작게 열어라/ 내 말은 남이 하고 남의 말은 내가 한다/ 가는 말이 고와야 오는 말도 곱다/ 물이 깊을수록 소리가 없다"

길옆에 있는 크고 작은 바위마다 새겨진 말에 관한 경구들은 여기에 그치지 않는다. "부모의 말을 들으면 자다가도 떡이 생긴다/ 말이 고마우면 비지 사러 갔다가 두부 사 온다/ 비단 대단 곱다 해도 말 같이 고운 것은 없다/ 입으로 하는 맹세가 마음으로 하는 맹세만 못하다/ 한점 불티는 능히 숲을 태우고 한마디 말은 평생의 덕을 허물어뜨린다/ 말이 많으면 쓸 말이 적다/ 가루는 칠수록 고와지고 말은 할수록 거칠어진다/ 낮말은 새가 듣고 밤말은 쥐가 듣는다/ 숨은 내쉬고 말은 내지 말라/ 말은 할수록 늘고 되질은 할수록 준다/ 발 없는 말이 천리 간다/ 말 단 집 장맛이 쓰다/ 말이 말을 만든다"

한마디 한마디 의미들을 곱씹고 있노라면 날이 저물 정도다. 그러나 어느 하나도 빼놓을 수 없고 소홀히 할 수 없는 가슴에 새길 말들이다. 요즘 들어 말에 관한 경구들이 더욱 큰 의미로 다가오는 것은 왜일까? 가는 곳마다 말로 인한 갈등들이 더 격화되고, 말의 상처가 갈수록 더 깊어지기 때문인지도 모르겠다. 여야 정치권의 말 싸움과 공방이 갈수록 거칠고 험악해지고 있다. 말 무덤(言塚)이라도 하나씩 만들어야 그치려나.

생각의 틀을 깨고,
듣고, 말하기

 사람들은 똑같은 말도 표현방법에 따라 느낌이나 받아들이는 것이 크게 달라진다. 부정적이고 듣는 데 힘이 쓰이는 말보다는 긍정적이고, 희망적이고, 부담스럽지 않은 말에 훨씬 더 귀를 기울이고 마음을 준다. 이것은 일종의 착각이지만 사람들은 긍정과 희망적인 것을 더 신뢰하며 받아들인다.

 어떤 의사가 환자에게 수술방법을 설명하면서 사망률이 20~30%라고 하면 환자는 그 수술 방법이 매우 위험하다고 생각한다. 그러나 똑같은 결과지만 사망률을 말하지 않고 수술의 완치 가능성이 70~80%라고 하면 대부분의 환자는 그 수술 방법은 매우 안전하고 좋은 방법이라고 생각하게 된다. 그래서 환자들은 사망률보다는 성공률을 말하는 의사를 훨씬 더 신뢰하고 찾는다.

이런 효과는 가치 판단에서도 그대로 나타난다. 어려운 이웃을 돕기 위한 기부금 모금을 할 때, '하루 천 원씩 기부'와 '한 달에 3만 원씩 기부'는 결국 같은 말이지만 반응과 효과는 매우 다르다. 하루 천 원씩 기부하는 캠페인에 훨씬 더 많은 사람이 몰린다. 조삼모사(朝三暮四)도 마찬가지다.

이렇듯 같은 것을 두고도 저마다 다르게 받아들이듯, 우리는 말과 표현에 따라 착각하고 오해하는 등 틀에 빠져 실체나 진실을 제대로 보지 못할 때가 많다. 이것은 바로 프레이밍 효과(framing effect) 때문이다. 프레이밍 효과는 문제의 표현방식이나 질문의 제시방법에 따라 똑같은 상황이나 사실임에도 불구하고 개인의 판단이나 선택이 달라질 수 있는 현상을 의미한다. 마치 사진을 찍을 때 화면 구도를 설정하는 대로 영상이 찍히듯, 틀을 어떻게 구성하느냐에 따라 보이는 것이 달라지고, 때론 착각과 오판이 일어나기도 한다.

결국 누구나 각자의 틀을 통해 세상을 바라보고 이해하기 때문에, 긍정이나 부정은 물론 호불호와 이해, 수용, 판단도 차이가 나기 마련이다. 말 한마디 역시도 각자의 창으로 듣거나 이해하며 다른 사람에게 전파하기도 하기 때문에, 이해하고 전해지는 내용들 역시 사람마다 차이가 날 수밖에 없다.

틀은 자신이 만들기도 하지만 다른 누군가가 만들기도 한다. 누군가는 이미 만들어진 어떤 틀을 은근슬쩍, 또는 교묘하게 이용하기도 한다. 객관적인 판단을 위해서는 입체적으로 살펴봐야 하지만, 틀에 빠지거나 갇히면 어느 한쪽만 바라보고 믿게 된다. 객관적인 입장을 위한 노력이나 사실에 대한 검증도 없이 자신이 보고 듣는 것만 진실인 양 믿고 따르고 받아들이게 된다.

문제는 자신 또는 누군가의 틀에 의해 세상을 바라보면서도 이러한 틀의 존재나 형태를 대부분은 모르고 지낸다는 사실이다. 때문에 누군가는 늘 긍정적인 시선으로 말하는 반면에 또 다른 누군가는 완전히 그 반대다.

때문에 각자의 모습은 끊임없이 자신의 생각과 말, 즉 틀을 닮아 가는지도 모르겠다. 각자가 바라보는 세상의 모습과 말하고 생각하는 틀에 따라 저마다의 이미지도 어느 정도는 스스로를 닮아간다고들 말한다. 결국 각자의 프레이밍이 자신의 얼굴이나 모습마저도 만들고 결정한다고 해야 할까?

우리 사회는 이미 틀에 갇혀 진영이나 세대, 성별, 계층, 지역 간의 보이지 않는 대립과 대결이 도를 넘고 있다. 언론, 특히 유튜브 채널은 쉼 없이 대립과 대결의 틀을 만들고, 그 틀 속에 사람들을 빠져들게 만들고 있다.

이제 누구든 틀을 깨지 못하면 편파적이고 편협한 사고에 빠져 있게 되고, 반쪽의 세상에 빠져 살게 된다. 세상의 반쪽만 보고, 반쪽 이야기만 듣고, 반쪽만 이해하는 존재가 되고 만다. 같은 것을 보고도 다르다고 열변을 토하거나 다른 것을 보고도 같다고 우기며 어리석게 살아가게 된다. 틀을 깨야만 비로소 바로 볼 수도 있고, 바로 들을 수 있고, 바로 말할 수 있다. 과감히 틀을 깨야 할 때다.

협상문화 꽃피워 갈 때

전쟁 중에도 협상은 이뤄진다. 죽고 죽이는 적이나 원수 간에도 협상을 위한 만남은 이루어진다. 전쟁뿐 아니라 우리의 삶도 따져보면 협상들로 채워져 있다. 가족이나 친구, 동료 사이는 물론, 직장이나 사회생활의 모든 관계나 과정들에서도 크고 작은 온갖 협상들이 끊임없이 이어진다. 결국 삶이 곧 협상이다. 인생이 곧 협상의 과정이라고 해도 과언이 아니다.

때문에 살아가면서 협상을 잘하는 것만큼 중요한 것도 없다. 협상의 성공 여부에 따라 삶의 질이나 성장 자체가 달라질 수도 있기 때문이다. 개인을 비롯한 조직이나 집단, 기업, 사회는 물론 지역이나 국가 운명도 마찬가지다.

협상 전문가들은 우리의 협상 능력은 아직도 부족한 부분이 너무 많다고 말한다. 협상적 대화법은 물론 협상에 대한 기본 인식조차도 제대로 되어 있지 않은 이른바 '협맹(協盲)'들이 가는 곳마다 자리하고 있다고 꼬집는다.

협상문화가 제대로 자리 잡지 못하면서 대화나 설득보다는 일방적 주장이나 승복을 강요하는 일이 더 잦다. 중간이나 완충지대는 점점 얇어지고, 오히려 좌우나 흑백 등 극과 극으로만 치닫는 진영과 진영, 집단과 집단이 맞서는 국면이 확대되면서 협상문화는 점점 더 자리할 곳이 없다. 협상 대신 서로 비방과 옥박지름으로 대립과 대결을 격화시킨다. 갈등과 대립을 해소하기 위한 사회적 비용이나 대가는 갈수록 천문학적으로 늘고 있다.

이처럼 협상문화가 자리하지 못하는 것은 수평문화보다는 수직문화와 가부장적 권위주의와 획일주의, 흑백 논리 등이 팽배해온 것이 주요 원인일 수 있다. 여기에다 기다리거나 참아내지 못하는 '빨리빨리' 문화도 한몫을 하고 있고, 더욱 중요한 원인이라고 할 수 있는 것은 대화 기술의 부족이다.

협상은 서로 다른 욕구와 견해를 가진 사람이나 조직 또는 그 이상의 당사자가 상호 타결 의사를 가지고 상호 만족하는 합의에 이르는 과정이다. 말이 수단이며, 말로써 이해시키고 설득시킴으로 가능해지는 방식이다. 결국 쌍방향의 말, 즉 의사소통을 통한 이익의 주고받기 (Give and Take)이다.

따라서 협상을 성공적으로 이끌기 위해서는 시간과 정보, 힘과 전략도 필요하지만, 무엇보다도 중요한 것은 상대방을 파트너로 인정하는 것이다. 아울러 상대방의 말을 경청하고 나의 의견과 뜻을 효과적으로 전달해 이해, 설득시킬 수 있는 소통능력을 키우는 것이다. 어느 일방의 차지나 승리가 아니라 상대방과 함께 서로 이득이나 만족을 나누어 가는 과정이 곧 협상이기 때문에, 협상은 오늘날 어떤 다른 해결책보다도 우위에 있는 최고의 해결방법이다.

손자병법에도 최고의 병법은 전쟁에서 싸우지 않고 이기고(不戰而勝), 싸우지 않고 굴복시키는 것(不戰而屈))이라고 했다. 그것은 결국 무력에 의해서가 아니라 상대방이나 적과의 협상을 통해서만 가능해진다. 993년 고려 때 서희(徐熙)는 거란 장군 소손녕(蕭遜寧)이 80만 대군을 이끌고 압록강을 건너 침입해 오자 맨몸으로 나아가 담판을 벌였다. 서희는 소손녕과의 담판에서 뛰어난 협상력을 발휘함으로써 단 한번 싸우지 않고도 거란군을 모두 몰아내고 오히려 강동 6주까지 얻어 냈다. 우리 민족 역사 최고의 협상가요, 협상 영웅이다.

대립과 반목, 대결과 갈등만 쌓여가는 오늘날, 우리에게 협상 영웅은 왜 나타나지 않는가? 협상의 성공은 상대방을 인정하고 파트너로 인식하는 것에서부터 시작된다. 상대를 파트너로 인식하지 않는다면 협상은 성립될 수가 없다. 오늘날 대립과 반목을 들여다보면, 상대를 파트너로 인식하는 것이 아니라 굴복시키고 이겨야 할 대상들로 여기고 있다. 이기려고 하면 협상이 아니라 전쟁이다. 상대를 인정하는 것에서부터 다시 시작하는 것이 오늘의 대립과 반목, 갈등 해결의 출발점이다. 협상문화가 꽃피도록 모두 협상으로 돌아가자.

혀를 이기는 자가 승자다

세상의 변화만큼 사람을 보는 기준도 변하고 있다. 특히 사람의 말(言)이 그렇다. 지금까지는 말 잘하는 사람이 돋보였다면, 이제는 말을 잘 관리하는 사람이 훨씬 더 우선으로 꼽힌다. 정치인은 물론, 사회적으로 중요한 위치에 있는 사람이 실언 한마디로 하루아침에 나락으로 추락하는 것이 요즘 세상이다. 실언이나 망언 한두 마디 때문에 창창한 앞날이 한순간에 무너져 내리기도 한다.

아무리 말하기 좋아하는 정치인들이라고 해도 설화는 이제 치명적일 수밖에 없다. 신중하지 못하게 불쑥 내뱉은 한마디는 불과 몇 분 사이에 전국 방방곡곡으로 퍼져나간다. 한번 번져나가면 해명이나 수습은 불가능이다. 소식을 듣는 사람에게는 바로 나쁜 이미지가 생겨나고, 그것이 그의 모습으로 각인되고 만다. 불과 몇 분 몇 시간 만에 일어나는 일이다. 그래서 유명인이나 공인들은 말 한마디, 농담 한마디도 가려서 하고 신중해야 한다.

'낮말은 새가 듣고 밤말은 쥐가 듣는다.'는 속담이 이제는 실제 상황이다. 누군가 뱉은 말은 언제 어디서든 기록된다고 보면 틀리지 않는다. 어디에서든 온갖 미디어와 귀가 실언과 헛말들을 기다리고 있는 형국이다. 그도 그럴 것이 지금은 전 국민들이 녹음기를 들고 있고 24시간 모든 장면들을 촬영하고 있다고 해도 과언이 아니다. 핸드폰이 없는 사람이 없고, 녹음이나 촬영 장치들은 손가락 하나로 바로 작동된다. 이뿐만 아니라 거리나 골목, 건물 안팎, 실내, 복도 등 어디든 CCTV가 없는 곳이 없다.

예전에는 실언을 했다 하더라도 누가 그것을 듣고 옮기는 것이 쉽지 않아 대충 어물쩍 넘어갈 수도 있었다. 그러나 지금은 결코 용납되지 않는다. 잘못된 말이나 실수는 토씨 하나도 빼놓지 않고 다른 사람에게 옮겨지고, 나아가 두고두고 파일이나 기록으로까지도 남겨진다. 수년이 지난 영상물들이 어느 날 SNS 공간 등에 올라와 당사자들이 큰 곤욕을 치르기도 한다.

그래서 '혀는 몸을 베는 칼이요 도끼'라고 했다. 또 혀는 천 냥 빚을 갚게 하는 힘을 발휘할 수도 있지만, 잘못 쓰면 목숨마저 앗아가는 독이 되기도 한다. 말로 인한 위험은 비단 유명인이나 특별한 사람에게

만 국한하지 않는다. 온갖 미디어와 SNS 등이 넘쳐나는 오늘과 같은 때는 일상을 사는 모든 이들에게 있어서도 그것은 역시 가장 큰 '리스크'다.

탈무드에도 혀에 관한 일화가 나온다. 어느 날 랍비가 하인에게 "비싸도 좋으니 가장 맛있는 걸 구해 오라."고 했더니 하인은 혀 요리를 가져왔다. 며칠이 지나 이번에는 하인에게 "맛은 상관없으니 가장 싼 걸 사 오라."고 했더니, 그는 또 혀 요리를 사 왔다. 이유를 물었더니, 하인은 "혀는 사용하기에 따라 가장 귀한 것이 될 수 있고, 가장 천한 것이될 수도 있다."며 혀의 중요성을 일깨웠다.

삼국시대 영웅 위나라의 사마의(司馬懿) 또한 조조(曹操)부터 4대에 걸쳐 제상의 권좌를 지켜낸 최고의 비결은 말을 조심하는 신언수구(愼言修口)였다. '낭고지상(狼顧之相)'의 사마의는 항상 고개와 허리를 숙이는 겸손함으로 참고 기다리며 무엇보다도 말을 신중히 했다. 어떤 경우도 자신의 감정을 드러내지 않을 정도로 혀를 철저히 관리했다. 그래서 그는 천수를 다하며 '최후의 승자'로 살아남을 수 있었다.

말 많은 세상이다. 예나 지금이나 자신의 혀를 이기는 자가 진정한 승자다.

인생을 좌우하기도 하는
말 한마디

    말 한마디가 인생을 바꿀 수 있다는 말은 단순한 격언이 아니라 역사를 통해서도 여러 경우에서 증명된 교훈이다. 특히 정치적, 사회적 맥락에서 말의 중요성은 예나 지금도 마찬가지지만 더욱 강조된다. 많은 희생자를 낸 조선 시대 기축옥사의 발단이 된 정여립의 사건도 그 대표적인 사례 중의 하나다.

    선조 때 중앙 정치 무대에서 큰 명성을 떨쳤던 정여립은 본래 명망 높은 학자였다. 그는 기축옥사로 이어진 대규모 사건의 중심에 서게 됐는데 그 발단은 다름 아닌 그의 야심찬 발언들 때문이었다고 할 수 있다. 정여립은 처음에는 성리학을 통해 중앙 정치에 발을 들였지만 선조의 눈 밖에 나면서 고향이 전주로 쫓겨 가게 되었고 점차 자신만의 정치적 야망을 품기 시작했다.

그는 유교적 이상에 기반해 '대동사회'를 꿈꿨으며 이를 실현하기 위한 자신의 여러 가지 계획과 포부들을 주변에 야심차게 밝히곤 했다. 당시 예민하게 돌아가던 붕당정치의 상황을 간과한 그의 언행들은 점차 주변 권력자들 사이에서 견제를 불러왔다. 결국 그는 황해도 관찰사와 여러 군수 등의 연명 상소에 의해 역모의 주동자가 돼 많은 희생자를 낳은 기축옥사의 중심인물이 되었다.

그가 품었던 이상과 꿈은 한순간에 배신과 모함으로 변질되었고, 그는 스스로 목숨을 끊으며 비극적인 끝을 맞이했다. 물론 정여립이 정말 모반을 했는지, 자살했는지 의문을 제기하는 이도 있지만 예민한 상황에서 말의 파장은 컸다.

'안처겸 옥사'라고도 불리는 중종 때의 신사무옥도 그렇다. 1521년 '좌의정 안당의 아들 안처겸이 기묘사화를 일으켰던 심정·남곤을 제거하고 경명군(景明君)을 추대할 것'이라는 고변이 있었다. 이 내용을 알린 사람은 안처겸의 고종사촌인 관상감 판관 송사련이었다. 송사련의 역모 고변으로 조정은 발칵 뒤집어지고, 관련자에 대한 강도 높은 추궁이 이루어지면서 결국 안처겸을 비롯하여 백여 명이 연루되었다. 안처겸과 그의 아버지 안당, 동생 안처근 등 10여 명이 처형되었고, 백여 명이 유배되었다. 문제는 안처겸이 송사련을 믿은 것이 화근이었다. 해서는 안 될 말까지 그의 앞에서 한 것이 문제였다.

송사련이 고종사촌을 역모로 고변한 것은 서얼출신인 자기의 천한 신분을 높이고자 한 때문이었다. 역모를 고변하면 신분을 바꿔주는 전례가 있었기 때문이다. 결국 외가인 안당과 안처겸의 집안은 역적으로 몰려 망하고 송사련은 외갓집의 전답은 물론, 노비들까지 하산 받아 한순간은 크게 성공했다.

이렇듯 말이란 소통수단이 되고 있지만, 때로는 칼날처럼 날카로운 무기로 작용할 수도 있다. 특히 오늘날처럼 정보가 빠르게 확산되는 시대에서는 더더욱 그렇다. 소셜 미디어와 같은 플랫폼을 통해 한순간의 부주의한 발언이 전 세계로 퍼져나가고, 개인의 명성이나 커리어가 한순간에 무너져 내리기도 한다.

말이란 이처럼 상황에 따라서는 상상을 훨씬 뛰어넘는 큰 문제를 야기하기도 한다. 한마디 말 때문에 돌이킬 수 없을 정도로 마음의 큰 상처를 주기도 하고 한순간에 적이 되고 관계가 끊어지기도 한다. 경우에 따라서는 잘 아는 사이지만 명예훼손 등에 휘말려 형사책임까지 다투는 상황이 되기도 하고 계약이나 약속 위반에 의한 손해배상 문제를 따지는 쟁송이 일어나기도 한다.

결국 살아가면서 말만큼 신중하게 다뤄야 할 것도 없다. 오죽했으면 옛 사람들이 사람의 말을 두고 '수구여병'(守口如瓶)이라고까지 했겠는가. 입을 병마개로 막듯 철저히 지키지 않으면 언제 어디서 무슨 일이 일어날지 모른다는 경고의 뜻이다. 옛말처럼 말은 한순간도 방심 없이 때와 장소, 상황에 맞게 늘 지키고 관리해야 할 대상이다. 말의 무게를 천근만근처럼 느끼고 살아야 할 우리들이다. 말 한마디가 저마다의 인생을 좌지우지할 수도 있기 때문이다.

말이 운명이다

"말이 씨가 된다.", "말하는 대로 된다."란 말이 있다. 이 속담은 단순히 말이 의사소통의 도구가 아니라, 우리가 어떤 말을 하느냐에 따라 생각과 행동, 그리고 나아가 운명까지도 영향을 받을 수 있다는 깊은 진리를 담고 있다.

말은 생각의 모양이나 모습이기 때문에, 평소 어떤 말을 하느냐는 것은 어떤 생각들을 많이 하느냐는 것이 되고, 그것이 결국 자신의 미래와 운명을 결정짓게 된다. 고대 그리스 철학자 에픽테토스가 "사람은 사건 자체로 괴로워하는 것이 아니라 그 사건에 대한 자신의 생각으로 괴로워한다."고 말한 것처럼 우리의 평소 말과 생각들은 결국 우리의 삶을 이끌고 모습을 결정하게 된다.

몇 년 전 유명한 자기계발 강연자였던 한 기업가는 자신의 과거를 돌아보며 말에 관한 자신의 생생한 경험을 털어놨다. 그는 한때 매우 부정적이고 비판적인 말들을 자주 했고, 그 말들이 자신의 삶에 어떤 영향을 미쳤는지 전혀 깨닫지도 못하고 살았다. 불만과 비판을 일삼던 그는 일과 인간관계에서 끊임없는 갈등을 겪었고, 설상가상으로 하는 일마다 실패와 좌절로 이어졌다. 그러던 중 그는 우연히 자신의 말이 삶에 큰 영향을 미치고 있다는 것을 자각하게 되었고, 그때부터 의식적으로 긍정적인 말, 따뜻한 말들을 사용하기 시작했다.

바로 많은 변화들이 일어났다. 말이 바뀌자, 자신도 모르게 일상의 크고 작은 행동들이 새로워지고 변화하고 있다는 것을 느꼈다. 평소 자주 마주하던 주변의 시선이나 얼굴들의 표정들도 달라지기 시작했다. 그때부터 서먹하고 냉랭하게 지내던 주변과의 인간관계도 점차 좋아졌고, 하는 일도 조금씩 나아졌다.

"당신의 말은 곧 당신의 운명이 된다."는 마하트마 간디의 말처럼 우리가 어떤 말을 선택하느냐에 따라 우리의 행동과 운명이 결정된다. 예를 들어, 거친 말을 자주 하는 사람은 그 말에 맞게 점차 거칠고 공격적인 행동을 쉽게 하게 된다. 그러한 말과 행동들이 가져올 결과는 안 봐도 뻔하다. 어느 유명 연예인은 늘 주변의 사람들을 비판하고 틈만 나면 자신을 비하하는 말들을 내뱉었다. 얼마 가지 않아 그는 대중에게 외면받았고, 자신도 끊임없는 추락을 힘겨워하며 방황하다가 잠적

했다. 뒤에 들으니, 산속에 들어가 혼자 산다고 했다.

"말은 그 사람의 마음을 비추는 거울"이라는 탈무드의 지혜처럼 부정적인 말들을 늘어놓으면 그런 결과와 쉽게 통하게 된다. 반면, 긍정적인 말은 그 자체로 긍정적인 여러 변화들을 이끌어내는 놀라운 힘이 있다. 어릴 때부터 또는 어려운 상황에서도 늘 "나는 할 수 있다."라는 말을 습관처럼 되뇌며 자신을 격려하는 사람은 수많은 어려움과 고난을 극복하고 정상에 오르게 된다. 긍정적인 말이 곧 그의 삶을 성공으로 이끄는 원동력이 되고 있는 것이다.

말은 개인의 운명뿐 아니라 사회와 공동체의 운명에도 큰 영향을 미친다. 말과 태도가 우리의 환경을 만들어가기 때문이다. "인생은 10%의 사건과 90%의 그것에 대한 반응으로 이루어진다."는 찰스 스윈돌의 말처럼 말과 태도가 자신은 물론, 자신을 둘러싼 주변 환경을 조성하고 모습을 결정짓는다. 조직이나 기업을 구성하는 구성원들이 평소 서로 긍정적인 말들을 이어가고, 격려와 배려하는 말들을 자주 나누는 분위기라면 성과를 이끌어낼 수밖에 없다. 그 반대의 경우라면 자신은 물론, 그 조직이나 기업 역시 결코 오래가지 못할 것이다.

말은 우리가 운명과 대화하는 방식이다. 간절하게 바치는 여러 기도들이 그것을 잘 말해주고 있다. 정성을 다하며 갈구한 저마다의 기도가 기적처럼 현실에서 이루어졌다는 경험담은 이루 헤아릴 수도 없이 많다. 결국 말이 우리의 삶을 이끌어가고, 그 말에 따라 우리의 행동과 결과가 달라진다. 부정적인 말을 일삼는 사람은 부정적인 삶을 살게 되지만, 따뜻하고 긍정적인 말을 많이 하는 사람은 긍정적인 운명을 만들어간다.

말은 그 자체로 씨앗이다. 어떤 씨앗을 뿌리느냐에 따라 인생의 수확 또한 천차만별로 달라진다. 저마다 미래가 보고 싶고 운명이 궁금하다면 지금 일상으로 하고 있는 자신의 말을 돌아보면 된다. 오늘도 우리는 저마다의 삶의 밭에 말의 씨앗을 뿌리고 있다. 말이 운명이다.